すべてを手に入れる女は飾らない

Never be afraid of being who you are.
You are beautiful.
You deserve it all.

上原亜衣
AI UEHARA

KADOKAWA

はじめに

まだ私が、中学生や高校生だったとき。華やかなことが好きで、アイドルになりたかった当時の自分は、気持ちとは裏腹に、全く自信が持てずにいました。いつも「どうすればかわいくなれるだろうか」「どうすればみんなから好かれるだろうか」と悩み、生きていました。

そんな自分を変えたくて、新しいチャンスをつかみたくて、みんなに認められたくてはじめたのが、セクシー女優という仕事。最初はなかなか売れず、髪型やメイクを変えたり、ほかの人の演技を研究したりと、可能性のあることはすべて試してみようとがむしゃらに進んできました。徐々に努力が実を結び、名前が知られるようになってからは、私のことを「知っている！」「応援してる！」と言ってくださる方がたくさん現れました。その結果19歳でセクシー女優としてデビューしてから5年間駆け抜けて、ついにはナンバーワンにまで上りつめることができたのです。

しかし、セクシー女優だった頃の私は知っていても、いまなにをしているかはご存知でない方がまだまだ多いのではないでしょうか。さらに、多くの女性にとっては「上原亜衣」という名前も知らない、という方も多いかと思います。

そのため、自分では「成功した」とは言い切れないと思っています。私のキャリアのステージ1がセクシー女優時代の5年間だとしたら、いまはステージ2。たくさんのことにチャレンジし、成長して、なにかを成し遂げたい。

当初なにもなかった私が、一番になれたのだから、きっとまた新しい道でも成功できる——実はそんな根拠のない自信があります。

何年かかってもいいから、もっとみんなを笑顔にできる人になりたい。その夢を叶えるために、思い描く夢をすべて手に入れるために、私が続けてきたこと。本書ではその中身を書き綴っています。

実は、自分では大きなことをやっているつもりはありませんでした。素顔の自分で、ありのまま生きること。「もっと有名になりたい」「もっといろんなことに挑戦したい」「もっと上を目指したい」という自分の思いに素直にまっすぐに進んでいたら、世界が開けていったのです。

一つひとつの仕事や人間関係、すべてに対して一生懸命に取り組んでいれば、必ず道が開けてくる。そう信じてただただ前に進んできました。「できるときにできることをやる」という、シンプルな生き方を大切にしてきただけのつもりでした。

5年間続けたセクシー女優を引退し、3年間の充電期間を経て、YouTubeの番組「あいちゃんねる」をはじめたところ、そのことをきっかけにさまざまな人との出会いがあり、この本のお話もそんな出会いの中からはじまりました。

いままでやってきたなにげない行動や考え方を「それ面白いね！」「すごく勉強になる！」と言ってくださる方がいて、そういった小さなコツや工夫をまとめて一冊の本にしないかというお話をいただいたのです。

この本の前半では、私の経験から気づいたこと、みんなにも知ってほしいことをまとめました。後半では、産婦人科医でありプロボクサーでもある髙橋怜奈先生と、セクシー女優時代からの友人の紗倉まなちゃんに登場していただき、ファンの方からよくいただく性に関するお悩みにお答えしています。

引っ込み思案で自信がなかった私が自信を持つために工夫してきたこと、成功するために続けてきたことなど、私がいままでいろいろな人と出会って学んできたことを思い出しながら書きました。

「素直がいい」と頭ではわかっていても、では具体的にどうすればいいの？　というと難しいものです。誰かに笑われるかもしれませんし、できないことやうまくいかないことがたくさん出てきて、落ち込む日もあるかもしれません。

しかし、すべてを手に入れたいなら、飾ってかっこつけて、遠回りするのはもったいない。ありのまま素直にまっすぐに努力する。そうすれば、必ず道が開けると信じています。

この本を読んで、恋や仕事、自分の人生を肯定できるようになることを願っています。ありのままの自分を好きになるためのヒントになればうれしいです。

Table of Contents

CHAPTER 3

人生の絶対指針は自分らしい幸せのかたち

CHAPTER 4

なりたい自分を叶える暮らしのルール

CHAPTER 5

恋と性のお悩みガールズトーク

with 紗倉まな&高橋怜奈

撮影／MONA
ヘアメイク／猪狩友介（ThreePEACE）
ブックデザイン／菊池祐、今住真由美（ライラック）
イラスト／コタケマイ
執筆協力／石井栄子
編集協力／有限会社ヴュー企画（野秋真紀子、志田良子）
校正／鷗来堂
編集／伊藤瞳

CHAPTER 1

やりたいことに貪欲である

RULE 01

恐怖心より好奇心でチャレンジ

考えすぎる前にまずは行動してみる

新しいことをはじめようとするとき、誰でも「うまくいくかな」「失敗したらどうしよう」と不安に思うのではないでしょうか。未知のことにチャレンジをしようとはなかなか思えないもの。

でも私は、それではもったいないと思います。せっかく与えられた人生、いろいろなことにチャレンジしたほうが、絶対面白い。**失敗するかどうかなんて、やってみないと誰にもわからない。やる前からあきらめるくらいなら、やったほうがいい。**なぜなら、成功する可能性はゼロではないからです。

私がセクシー女優の世界に飛び込んだのも、軽い好奇心からでした。短大生になったばかりの頃、学生なら誰でも考えるように、おしゃれをしたり遊んだりするためのお金がほしい、お給料のいいバイトならやってみようかな……そんな軽い気持ちからでした。

セクシー女優という仕事に抵抗がなかったのも、そもそもアダルトビデオを見たことがなかったので、どんな仕事か正直よくわかっていなかったのです。当時私の中で、セクシー女優というのはアイドルに近いイメージがありました。小学校の頃からアイドルが大好きで憧れていたこともあり、人一倍好奇心が強かったこともあり、興味があるものにはとりあえず挑戦しようと思ったのです。

友達に相談したら、異口同音に「やめたほうがいい」と大反対。

ただ、相談はしたものの私の中ではもうやると決めていたのが正直なところです。かといって、それほど真剣でもなく、3カ月くらいでやめるつもりでした。

▼ダメだったときは「次がある」精神

挑戦というのは、そのくらい軽い気持ちでやるほうがよいと思います。ダメだったときにも「これはダメだったな、じゃ次!」とすぐに切り替えられます。その結果、いろいろなことにたくさん挑戦できる。軽やかに動くことで、自分にとって本当に大切なものが見つかりやすくなるのではないかと思います。

あまり考えすぎると、自分の中でどんどんハードルが高くなってしまい、ますます挑戦するのが怖くなる気がします。**だから少しでも面白そう、やってみたいと興味があるならとにかくやってみる。やってみてダメだったら次の手を考える。やると決めたらまっすぐ愚直にやる。**私はいつもそんなふうに生きてきたように思います。

SUMMARY

- やる前からあきらめないで、少しでも興味があるなら挑戦してみよう
- ダメなら「次！」とすぐに切り替えて
- 考えすぎるとかえって怖くなってチャレンジできなくなるから気をつけて

RULE 02

ほしい結果にまっすぐ一直線

やると決めたらどんなチャンスも逃がさない

気軽な気持ちで飛び込んだセクシー女優という仕事ですが、結局5年間も続けて、1000本以上の作品に出演してきました。単純に計算すれば、およそ2日に1本、私の作品が発売されていたことになります。

どうしてそんなに続けられたのでしょうか？

▼追い抜かれたことが転機に

やっていくうちに、すぐにこの仕事の面白さに目覚めていきました。

アダルトビデオは、ただカメラの前で裸になればいいだけでなく、どうやったら見る人を楽しませられるか、自分なりに考えて演技をしなければならない奥深さがありました。それだけに、一日が終わったときの充足感も大きかったのです。

そんなタイミングで、私のセクシー女優人生を大きく変える出来事が起こりました。デビューして半年くらい経った頃、同じ事務所からスタイル抜群でまさにアイドルのようにかわいい女性がデビューしたのです。

彼女は、すぐに大手アダルトビデオメーカー専属の女優さんとなり、盛大なデビューを飾りました。

突然、一気に追い抜かれたことで、私の負けず嫌いの性格に火がつきました。そこから私の猛烈なチャレンジがはじまったのです。

セクシー女優として、どうやったら一番になれるだろう、と考えて到達した一つの結論は、「どんな仕事でもすべて受ける」ということ。マネージャーさんに、「なんでもやります！　とにかくどんどん仕事を入れてください！」とお願いしました。

メーカー専属の女優さんはそのメーカーで制作する作品にしか出演できません。それは人気の証でもありますが、その分出演できる本数にも限りがあります。私はメーカー専属ではなかったので、どのメーカーの作品にも出演できるという強みを生かして、1カ月に25本、ほぼ毎日撮影のスケジュールを入れていました。たくさんの作品に出れば、それだけ人気が出る可能性も高まると思ったからです。

また、多くの女優さんは「出演NG」の作品があり、女優さんの得手不得手で、出演しないと決めている内容があります。しかし私はほかの女優さんが敬遠する内容もNGにせず、すべてやると決めました。

そのとき、清純派にイメージチェンジをしたこともあって、「清純な女の子がハードなプレイをする」というギャップが高評価に。どんどん仕事も増えていきました。

SUMMARY

- くやしがるだけで閉じこもっていてもなにも進まない
- どうやったら勝てるか考えて、人一倍努力する
- やってみる前からNGをつくらず、自分の強みを見つける

RULE 03

強みはなにもしないで見つかるものではない

自分の武器は自分でつくる

当時私には、武器と言えるものは全くありませんでした。女優の中でスタイルは凡庸なほう。外見がずば抜けているわけでもなく、特技もなし。マネージャーさんとアダルトビデオメーカーに営業回りをしても、なかなか仕事をいただけませんでした。「なにか人とは違う強みはないか、ないなら自分でつくろう」。そこで思いついたのが「人がびっくりするようなテクニックを極める」ということでした。

早速、レンタルビデオ屋さんでＤＶＤをたくさん借りてきて、セリフや演技の練習に励みました。アダルトビデオの台本は、あまり詳しくセリフが書かれていないことも多く、女優さんのアドリブ力が問われます。とくに、行為中のセリフはふだん使わないようなものばかりです。つまり、勉強して語彙を増やしておかなければとっさのときに出てきません。先輩女優さんの演技を見てはメモして練習していました。
売れるために思いつくことはなんでもやっていましたが、やればやるほど応援してくれる人が増えて、ますます面白くなるという好循環が生まれていました。

そうしてついにデビュー3年目には、アダルト動画の配信・通販サイト最大手「DMM．R18」の月間ランキングで上位に食い込むようになっていました。そして、その年のDMMアダルトアワードでは最優秀女優賞に輝きました！　**努力は報われる。大きなとりえのない私でも一番をとれたことは大きな自信になりました。**

▼自信がないから努力しない、は違う

気軽にはじめたセクシー女優という仕事ですが、実はもう一つ理由がありました。それは、「人前に出る仕事をすれば自信が持てるようになるかもしれない」ということ。

私は子どもの頃からアイドルに憧れていましたが、自分がなりたいと思ったことはありません。むしろ「私なんかになれるはずがない」と思っていたので、選択肢にもありませんでした。

セクシー女優になる前は歯並びもひどく、すらりとした脚とは無縁のむっちりした脚も嫌でした。見た目だけでなく、勉強も苦手で通知表は1や2ばかり。人より秀でたところはなにもないと思っていました。セクシー女優の仕事を友達から紹介されたとき、あと押しになったのは、その友達の「人前に出れば自信がつくかもよ」という言葉でした。

いま振り返ってみると、コンプレックスのかたまりだった以前の私は、「どうせ私なんか」と思うだけで、大した努力もしていませんでした。努力するからこそ自信がつくのだと、いまならわかります。

なんでも一生懸命にやること。**「これだけ頑張ったんだから」と、やったこと自体が自信になります。**

SUMMARY

- とりえや強みがないとあきらめない
- 武器がないなら、自分でつくっていけばいい
- 努力した分だけ自信になる

RULE 04

アドバイスは素直に取り入れてみる

自分のスタイルに囚われない

売れるためになんでもやってみる！　その中で、見た目を大きく変えたのもブレークスルーになりました。

その頃の私は、髪の毛は茶髪でセンター分けの「ギャル系」でした。メイクも濃く、つけまつげは3枚重ね。子どもの頃からアイドルが好きで、中でも派手な子が好きだったので、その影響でファッションも派手めでした。

ところがマネージャーさんに、「年齢も若いし、清楚な感じのほうが男性には好印象」と言われ、前髪ぱっつんの黒髪に大変身。メイクも控えめに変え、清楚なイメージの自分をつくり上げていきました。すると、みるみるうちに仕事が増えていったのです。

これまでの自分だったら、人からファッションやヘアスタイルのことを言われても「私はこっちのほうが好きだから」と、変えようとしなかったと思います。でもそのときの私は、とにかく売れたいという一心で、可能性のあることならなんでも試してみようと思ったのです。

女優業に限らず、仕事や見た目、なにかのやり方について、「これが自分のスタイル」というポリシーを持っていて、人からアドバイスをされても自分を変えようとしない人もいます。それはそれで、〝ブレない〟ということで、よいことだと思います。

しかしもし、「このままではいけない」「自分を変えてみたい」と思うなら、素直に人のアドバイスに従ってみると、道が開けるかもしれません。アドバイスに従ってみて、ダメだったらまたやり直せばいい。とにかく試してみる。素直に従ってみると、新しい自分を発見できたりします。

SUMMARY

- 意固地にならず、人のアドバイスには素直に従ってみよう
- やる前から可能性をつぶさない
- 失敗してもまたやり直せばいい

RULE 05 同じ失敗は繰り返さない

実は、私はかなりのメモ魔。きっかけはどこかで「自分の思ったことをメモ書きにするといい」というのを見たことでした。スマホならすぐできると思い、はじめたのがきっかけです。

以来、日々の生活の中で、気になることがあるとすぐにメモをします。ふと思いついたこと、今度行きたいオシャレなカフェ、ほしいもの、人から聞いていいな、と思ったこと……などなど。なんでもすぐメモに書きますが、メモには、備忘録としての役割だけでなく、いろいろな効果があります。

一番役立っているのは、失敗をメモすること。「あの演技はいまいちだったかも」など、仕事の失敗はもちろん、「今日のあの言い方はよくなかったな」など、人付き合いの中のことでもなんでもメモに書きます。

ポイントは、「ここが悪かった」と失敗だけでなく、「次はこうする」という、解決策を書くこと。そうすると、これが教訓になっていきます。教訓さえ引き出せれば、失敗自体は忘れてしまってもいいのです。

というのも、過去は変えられないのだから、失敗を振り返っても落ち込むだけ。それならば、未来を見たほうがいいと思います。

そのときと同じ出来事が再び起こることはありませんが、似たような状況に遭遇したときに、「あのときと同じだ、こういうときはどうするんだっけ？」と、メモに書いた教訓を思い出す。そうすれば、失敗を回避できます。

私は人から、「コミュニケーション能力が高い」とほめていただくことがあります。自分では実感はありませんが、もしそうなら、メモで改善してきた成果だと思います。

仕事を通じて、毎日たくさんの人と出会います。そのいろいろな方々との会話の中で、「こういうことは言わない」「次はこう言う」というのをメモしてきました。

このように、いままでたくさん失敗をしてきましたが、そのたびに「次はこうしよう」とメモして改善策を実践する……と、日々積み重ねてきました。それは「昨日よりいい自分になりたい」という思いから。失敗はそのためのチャンスです。

しかし、人は案外すぐ忘れてしまうもの。1カ月前、1週間前の失敗って、覚えていますか？　忘れていますよね。覚えていないから同じ失敗を繰り返してしまいます。過去の失敗は、どんどん生かしていきましょう。

SUMMARY

- 失敗したら、解決策をメモして教訓化
- 失敗自体は忘れて教訓だけ覚えておく
- 過去の失敗と似た場面で教訓を生かそう

RULE 06

謙虚のコツは感謝を忘れないこと

自信は持っても過信はしない

「いまの私が一番かわいい」――これは、スマホのメモアプリに書いている言葉の一つです。セクシー女優という仕事は、人に見られる仕事でもあるので、さまざまな批判をされることも少なくありません。そんなとき私は、いつもこの言葉で自分を励ましています。うぬぼれなどで書いたつもりはいっさいありません。あくまでも自分を鼓舞するために繰り返し見ているものです。

しかし同時に、謙虚であろうといつも肝に銘じています。女優さんの中でも天狗になっていると感じる人は、その後人気が落ちていくことが多いように思います。

かく言う私も一時期、天狗になっていたことがありました。自分では気づいていなかったのですが、現場でもあまり笑わなかったり、不機嫌そうにしていたり、周囲への気配りが欠けたふるまいをするようになっていたようです。

ある日、仲良くしてくださっている監督さんから、「最近、天狗になっているとまわりでウワサになっているよ」と言われてはっとしました。少し名前が売れていい気になり、知らず知らずのうちに横柄な態度をとっていたのかもしれません。そのおかげで、我が身を振り返ることができました。あのとき気づけなければ、徐々に人も離れ、仕事も減って、いまの私はなかっただろうなと思います。

私が成功できたのは、自分の努力だけでなく、両親にはじまり、私を起用してくれたプロデューサーさん、監督さん、共演してくれた男優さん、カメラマンさん、ヘアメイクさんやマネージャーさん、応援してくださったファンの方々、落ち込んだときに励ましてくれた友達など、たくさんの人たちの支えがあったからこそ。常に感謝を忘れず、謙虚でありたいと思います。

SUMMARY

- 自信を持つと同時に謙虚さも忘れない
- まわりからの意見は真摯に受け止める
- みんなの支えのおかげと常に感謝する

RULE 07

向いていないことは無理してやらない

「仕事をすぐ変える人」と聞くと、どう思いますか？　こらえ性がない、頑張りが足りないなど、ネガティブなイメージを持たれることが多いのではないでしょうか。

実は私も、セクシー女優という仕事に出合うまで、いろいろなアルバイトを経験しましたが、どれも長続きせず、コンビニや飲食店、どれもこれも1週間と続かないほどでした。雇い主の方からすれば、いい迷惑だっただろうと申し訳なく思います。

そんな私でも、セクシー女優という仕事に出合ってからは5年間全力疾走。それはまさに、この仕事が好きで性に合っていたからだと思います。だからこそ、人一倍努力し、トップまで上りつめることができたのです。

なにか一つ、本当に好きで打ち込めることが見つかれば、誰でも自分が思う以上に

頑張れるのではないかと思います。もしあなたが、なにも続かない、頑張れないと悩んでいるなら、いまはまだそういう仕事に出合えていないだけ。向いていないな、と思うことを無理して続けて、心を病んでしまったり体を壊してしまったりするくらいなら、すぐにやめてしまってもいいと思うのです。そして次を探しましょう。

私は、保育士の資格取得を目指して短大に通っていました。その頃の友達の多くは保育士になりましたが、1年もしないうちにやめて、いまでは全く違う仕事に就いているという人もいます。**みんな、最初から天職に出合えるわけではないのです。**

「根性がないと思われる」とか気にしなくたっていい。何年かかるかわからないけど、打ち込めることに必ず出合えます。自分を信じて挑戦し続ければいいと思います。

▼本当にやりたいことは踏ん張れる

セクシー女優を頑張ると決めてからは、ほかの女優さんがやりたがらないハードな撮影もいっさい断らず、まさにド根性でした。辛いことやしんどいこともありましたが、ひと晩眠れば忘れられるという非常に便利な特技のおかげで、とくにストレスを感じることはありませんでした。

それでも、この仕事をやめたいと真剣に考えたことが3回だけあります。

1回目は、名前が売れてきて、街を歩いていても「上原亜衣だ」と声をかけられることが増えてきた頃です。常に誰かに見られていると思うと、気持ちが休まらなくなってしまい、やめたいと周囲に相談をしていました。

ただ、まだ2年目だったということもあり、「いまやめたらもったいないよ」と言われて、思いとどまりました。たしかに、まだやりきっていないと思ったのです。

2回目は、仕事が立て続けに入ってくるようになり、とても忙しくなってしまったときです。

月に25本もの撮影をこなす日々で、激務により体調を崩し、入院することも。それでも仕事に穴をあけるわけにはいきません。点滴を打ちながら現場へ向かったのは一度や二度ではありません。撮影はほぼ毎日、朝から夜中までは当たり前。翌朝まで続いて、そのまま次の現場へということもありました。さすがに辛い毎日でしたが、それでもやめなかったのは、ファンの方たちの応援があったからです。

当時はブログ全盛期でしたが、ブログ、そしてTwitterをはじめるとどんどん応援してくれる人が増えて、コメントをくださる方が増えていったのが本当にうれしく、励みになりました。応援してくれる人がいるのは絶対大きい。これはどの女優さんも同じだと思います。

3回目にやめたいと思ったのが最後です。セクシー女優の最高峰とも言えるDMMアダルトアワードで最優秀女優賞をとったときのことです。「やっと一番になれた！」という喜びと「もうやりきった」という気持ちでいっぱいでした。そして、「一番輝いているときに引退したい」と決意したのです。

セクシー女優をやめたことは後悔していません。でも、一番をとる前にやめていたら後悔していたと思います。

なんとか踏ん張れたのは、やはりこの仕事が好きで自分に合っていたのだと思います。これだけ打ち込めるものが見つかったのは幸運かもしれません。

ただその幸運には、探さないと出合えません。その分フットワークを軽くしてなんでもやってみましょう。

▼なりたくない自分にならない

仕事でも勉強でも、「やめたい」と思うことはあると思います。合わないと思ったらすぐやめてしまう私ですが、「やる」と決めたことは、あきらめずに一生懸命やる。これが私のいいところです。

これは、水泳をずっとやっていたことが大きいと思っているのですが、5歳から約10年間水泳をやっていて、ジュニアオリンピックに出場したくらい本気で取り組んでいました。やると決めたことは全力でやる。この性格はこのときに培われたと思っています。

一生懸命やらない自分にはなりたくない――もし、それがなくなってしまうと、自分のいいところがなくなってしまうと思っています。

「途中でやめるなんて甘え」と言う人もいますが、だからといって挑戦したことすべてをやりきれるわけではありません。

選択と集中で、一つのことを極めるまで徹底的にやり遂げるのが、私の強みだとはっきりと言えます。

SUMMARY

■ 向いていないことを我慢して続けるより、次を探す
■ 必ず本気になれることがあると信じて挑戦し続ける
■ やると決めたら徹底的にやり抜く

Column
No.1

こんなときはこう言う！
好印象をつくる伝え方ノート

素直であるというのは、ただ思ったことをそのまま言うことではありません。相手も尊重するひと工夫が大切です。このコラムでは、上手に伝えにくいシーンに、私ならどう伝えるかをご紹介したいと思います。

Q

立て替えたお金を友達が返してくれません。数千円なので催促もしづらくて困っています。

A

次会うときに、「この間のあれ返してね」と、直前にメッセージでリマインドする。

こういった場合は、一度は催促しますが、私は基本的に、貸したものは返ってこないと思っています。返してくれないことにモヤモヤするよりも、最初からそう思っているほうが、自分の気持ちが楽だからです。

お金を貸したのが親しい友達の場合で、次に会う予定があるのなら、「今度会うときに、この間のお金返してね」と、メッセージで事前に声をかけておきます。こうすれば、さすがに無視はできないのではないでしょうか。

「少額なのにケチだと思われたらどうしよう」と不安になるなら、「少額だけど、友達だからこそ言っておくね」とひと言添えればいいかも。

ただお金の貸し借りは、お互いに気まずくなることが多いので、しないにかぎります。

Q

職場の女性上司からの「逆マウント」が疲れます。うまくかわす方法を教えてください。

A

「でもこういうところ、すごいですよね」で、とにかくほめよう。

これはつまり、「私なんて……」「あなたはいいわよね……」という自分を下げてくるマウントでしょうか。目上の人に卑屈になられると、茶化すわけにもいかないので、難しいですよね。

私なら、「でも、ここがすごいですよね！」と、ほめで返します。相手も自信がないのだと思うので、あらかじめいいところを見つけておいて「すごい！」と言います。

ふつうのマウンティングに対しても、「すごいですね！　さすがですね！」です。この場合は相手を立てるしかありません。「さすがですね」は王道かもしれませんが、やっぱり便利な言葉。もはや私の口癖なくらいです。

もし相手が意地悪な方で、「あんた、そうやって言えばいいと思ってるんでしょ」なんて言われてしまったら……？

「えー、そんなことないですよ。本当に思ってますよ！」と返すと思います。

CHAPTER 2

誰でもすぐできる素直の技術

RULE 08 笑いのツボを浅くする

アイドル級にかわいい女優さんがたくさんいる中で、特別にかわいいわけでも、スタイルがいいわけでもなかった私がどうして上に上がっていくことができたのか。

自分なりにいろいろ努力したこともありますが、すべてにおいて「愛嬌」が大事だったと思います。むしろ、「愛嬌だけでここまできた」と言ってもいいかもしれません。

「愛嬌がある」とはどういうことでしょうか。

定義は難しいですが、私は「場をなごませるふるまい」だと思っています。

具体的には、まずは笑いのツボを浅くすること。これは私の性格でもありますが、

私はちょっとしたことでもよく笑います。さらに笑うときには身振りもつけて、

ちょっとオーバーに笑うと場もなごみます。たとえば、年配の方がおやじギャグを言ったりするときに、しらけて笑わない人もいますが、それでは誰も幸せになりません。そういうときにでもしっかり笑えば、場の空気もよくなりますし、相手もうれしくなります。**よほど失礼なことや悪意のあることを言われているのでないかぎり、自分の不快感より周囲の居心地のよさを優先していたほうが、あとあとお得だと思います。**

▼常に明るい声で話す

また私は、あいさつをとても大切にしています。朝どんなに疲れていても、現場に出るときには「おはようございます！」と元気に言う。それだけでまわりが明るくなりますし、自分にもスイッチが入ります。

電話などでも、ぼそぼそと話す人がいますが、元気な声で「はい！　お世話になっています！」と言ったほうが好印象です。「どうせ仕事をお願いするなら、明るく親しみやすい人に頼もう」という方は多いでしょう。やはり暗い人よりは、明るい人のほうに人が集まってくると思います。

女優になったばかりのときは敬語が苦手でしたが、「ありがとう」「ごめんなさい」

だけはしっかりはっきり伝えることを心がけていました。いまは敬語も使えるようになりましたが、当時を振り返ると、言葉だけ礼儀正しくするよりも、明るく心を込めて会話することのほうが大事だと思っています。

とはいえ、常に明るくいるのは大変なことです。私も落ち込む日はあります。

そんなときのために、私は家にこもる日を意識的に設けています。不機嫌は外に発散せず、毒を吐くのは家の中だけにして、**まずはよく笑うこと。笑顔を絶やさないこと。明るく声をかけること。**

ぜひ、まずはそこからはじめてみてください。きっと周囲の印象が変わります。

SUMMARY

- 愛嬌のよさはルックスのよさより勝る
- 明るくはきはき機嫌よくが大切
- 毒を吐くのは外ではなく、一人家の中で

RULE 09

心をつかむ小さなコツ

一瞬で相手の心を引き寄せるまなざしの魔法

引っ込み思案で人と話すのが苦手、どうやったらまわりから好かれるのかわからない——そんなふうに悩んでいる方は多いと思います。

実は私もそうでした。明るい性格ではありましたが、自分から話をすることは苦手でした。

でもセクシー女優の仕事をはじめてからは、監督さんや撮影スタッフさん、ヘアメイクさん、男優さんなど、現場で初めて一緒に仕事をする人と顔を合わせることも多い環境だったので、次にも仕事をいただくために、少しでも印象をよくしなければと、自分から話すようになりました。そうするうちに、気がつけば誰とでも話せるようになっていました。

そのためにいろいろな雑誌で、「人の心をつかむコツ」などの処世術を読んで参考にしていましたが、私がいまでも実践していて、とても役に立っているものを二つご紹介します。

まず気をつけていることは、先ほどもお話ししたあいさつです。しっかりあいさつをしてくれる人には、親しみやすさを感じますよね。これだけで、周囲の印象は大きく変わります。

もう一つは「**相手の目を見て話すこと**」。

この「目を見て話す」というのは、実践しようとすると意外と難しいものです。恥ずかしさもあって、目を見ずに話す人は多い気がします。**目を見て話せない人は、相手の鼻あたりを見るといいです**。それも難しければ、相手を好きなものに置き換えてみてください。

私も最初はそうでしたが、とくに握手会などのイベントでは、来てくださった方の目をしっかり見て話すように心がけました。すると、ファンの方々から「対応がいい」「気さくで親しみやすい」と言われるようになり、少しずつファンになってくださる方が増えていきました。

こうした一つひとつのことは、自分の自信にもつながる大切なことだと思います。**自信がつくにつれて目を見て話すことが恥ずかしいと思わなくなり、人と話すのも怖くなくなって、徐々に引っ込み思案も解消されていきました。**それがまた自信になって、次につながる。いい循環が生まれたのだと思います。

SUMMARY

- 人の心をつかむには、まずはあいさつから
- 相手の目をしっかり見て話すと好感度アップ！
- 最初は恥ずかしくても、慣れれば簡単で効果は絶大

RULE 10

いいところも悪いところも必ず見られている

媚びない、驕らない、偉ぶらない

セクシー女優の仕事をしていたときに、常に心がけていたことは、「AD（アシスタントディレクター）さんには優しく、プロデューサーさんや監督さんとは対等に」ということです。

ADさんは縁の下の力持ち的存在で、彼らがいなければ現場は回りません。しかし、サポート役であるがゆえに、現場では監督さんなどからラフに扱われることも少なくありません。

残念ながら、そんなADさんに対して、横柄な態度で接する女優さんもいます。そういう人は、往々にしてプロデューサーさんや監督さんにはお世辞を言ったり媚びを売ったりしていることも少なくありません。**でも、そういった態度は、みんな見ていないようでしっかり見ています。**

裏表のある人は、人から信用されません。また、いい仕事もめぐってきません。実際、長く愛されている女優さんは、裏表なく誰にでも親切で明るい人が多く、私もいままでも仲良くしてもらっています。だから私も、ADさんには感謝の気持ちを込めて接し、プロデューサーさんや監督さんには媚びたり必要以上にへりくだったりせず、対等に意見を交わしていました。それに、地位が上の人は普段気をつかわれている人が多いのでフランクに接すると、好印象を持ってもらえることも。

もしあなたのまわりに、あなたに対して横柄な態度をとる人がいたら、辛いかもしれませんが、あまり気にしないこと。みんなちゃんと見ているし、あなたの辛さをわかっているから。それにそういう人は、理由はさまざまですが、不思議と目の前からいなくなるものです。これからも私は、**人が見ていなくても誰に対しても、裏表なく、公平でありたいと思っています。**

SUMMARY

- 人によって態度を変えている人のことを周囲はしっかり見ている
- 裏表のない人は信頼され、いい仕事がめぐってくる
- 横柄な人のまわりからは、いつか人がいなくなる

RULE 11

お互いに生かし合う関係を

苦手なことは人に頼る、得意なことは率先してやる

なんでも自分でできる人は本当にすごい。そういう人は人望も厚いので、自分でなんでもできるようにならないと……と、思ってしまうかもしれません。でも努力は大切ですが、どうしてもできないことは無理にやろうとしないこと。肩の力を抜いて、人にお願いしてみてもいいのではないでしょうか。

▼人に頼ることは決して悪いことではない

私は、「自分には難しい」と思うことは、あっさりあきらめて、人にお願いしてしまうタイプです。最近はYouTubeを制作するために自分で勉強していますが、以前はパソコンを全く使えなかったので、必要なときはいつも得意な人に頼んでいました。

「人に頼むのって悪いな、申し訳ないな」と思う人もいるかもしれません。しかし、自分がものを頼まれたときのことを想像してみてください。案外、嫌な気持ちはしないのではないでしょうか。それが自分の得意なことだったら、なおさらうれしくなりませんか?

「この人ならやってくれるだろう」と信頼され、頼りにされるのは単純にうれしいものです。「頼ってくれているんだから頑張ろう!」という気持ちにもなります。頼るというのは、相手の能力や才能を尊重することではないかと思います。

ただ、苦手だからといって、いつも頼んでばかりだとアンフェアですし、相手もうんざりしてしまいます。なんでもかんでも苦手なことをやってもらっていたら、自分にとっても成長がありません。「やってみたら意外にできた!」ということもあるかもしれません。私も、人によく頼るほうではありますが、**まずは自分でやってみて、できないことを頼る**ようにしています。

人には得意不得意があるので、不得意なことは無理して自分でやろうとしないで、自分より得意な人にお願いするのがいいと思っています。だからこそ反対に、**自分の**

ほうが得意なことは率先して自分がやること。そうすることで、一方が一方に頼りきりという状態ではなくなります。お互いに支え合う、対等な関係になれるのです。

▼頼りにしても依存はしない

ちなみに、男性はとくに「頼られるとうれしい」傾向が強い気がします。しかしだからといって頼りきりで、依存してしまうのはよくありません。どちらか一方だけが「重いな」と感じるような関係は長続きしないように思います。

これは、友達との関係でも同じです。落ち込んだとき、友達にグチを聞いてもらってすっきりするということはありますが、いつも自分ばかり悩み相談をして相手の話は聞いてあげないようでは、相手もうんざりしてしまいますよね。

どちらか一方が支えてばかりというのは、関係性がアンバランスです。嫌ならその人から離れるか、自分でバランスを調整するようにしましょう。

▼関係性の中に選択肢を持つ

大切な人だからといって、なんでもお願いを聞く必要はありません。「断る・断らない」「頼る・頼らない」「離れる・離れない」「言う・言わない」……などなど、選択肢がない関係性は辛いものです。

難しいときは「ごめんね、助けてあげたいけど、いまは難しい」などとはっきり伝えましょう。そして、自分に余力があるときに精一杯支えるのがよいと思います。

SUMMARY

- 人に依存しない、されない
- 頼る・頼らない、お互いに得意なことを提供し合い、助け合う
- 頼られても難しいときは断ってもいい。選択肢を持つ

Column
No.2

こんなときはこう言う！

好印象をつくる伝え方ノート

Q

人に助けを借りるのが苦手です。
お願い上手になるコツを教えてください。

A

難しく考えずさらっとお願いしてみよう。助けてくれたら、「ありがとう♡」と、とびきりの笑顔でお礼を言うことを忘れずに。

「断られたらどうしよう」「迷惑になるかな」……そう思うかもしれませんが、そこまで難しく考えなくてもいいと思います。「これ教えて！」や「お願い、手伝って！」と気楽に言えばいいんじゃないでしょうか。

相手にとってできない相談や迷惑であれば相手はちゃんと断ります。断られたらまた誰かに頼めばいいですし、やり方を聞いて自分でやってみることもできます。**断られることを恐れないほうが自分の可能性が広がります。**

また、「こんなこともできないと思われたらどうしよう」と思うかもしれませんね。相手の感情は相手のものなので、こちらがコントロールすることはできません。コントロールできないことを恐れるのはもったいないこと。それよりその課題を解決するほうが大切なら、飛び込んでみましょう。

それに、**お願いされたほうも頼りにされているわけなので、案外悪い気はしないものです。**もし断られても落ち込まないで、「うん、わかった。またの機会にお願いね」とさらっと受け流せばOKです。逆に、**助けてもらえたら「ありがとう」と、とびきりの笑顔で心からお礼を言うこと。**お礼を言われて嫌な気持ちになる人はいません。

ただ、最初から自分で努力せずに、なんでも相手にお願いするのは、相手も利用されているような気になってしまうので要注意。

まずは、自分でやってみて、ダメそうならば、「自分ではダメだったけど、○○さんなら得意そうだから」とお願いしてみましょう。きっと相手も喜んで助けてくれますよ。

RULE 12

ダメなところは隠さず見せる

一生懸命な姿が人の心に響く

苦手なことは得意な人に頼っていい……と、お話ししましたが、やはり誰でも「人よりうまくやりたい」「できない自分を見せたくない」と思ってしまうものです。しかし私は意識して、苦手なことをやっている様子をさらけ出すようにしています。

たとえばYouTubeでは、リズム感ゼロで苦手なダンスにあえて挑戦してみたり、漢字ドリルをやって勉強が全然できない自分を見せたり、苦手なことを積極的に見せるようにしています。

てんでできていないのに、応援してくださる人が増えてきて、ヘタなりに一生懸命チャレンジすれば、応援してくれる人はいるのだと感じています。それに、ヘタでも続けていれば徐々に上達していくので、それが次のチャレンジの励みになります。

一番かっこ悪いのは、自分でやると言っておきながら、途中でできないからと投げ出してしまうこと。**ヘタなりに頑張っているうちは失敗ではないけれど、途中であきらめたら、それは本当の失敗。**人から見たらどんなくだらないことでも、自分でやると決めたのなら一生懸命やる。そのほうがかっこいいです。

私はかっこ悪い姿も平気で見せてしまうので、よく笑われたり、ネガティブなことを言われたりします。でも、人がどう思うかはその人の勝手。私があれこれ言うことでもなければ、影響される必要もないと割り切っています。

それに苦手なことがあるというのは、案外強みになるかもしれません。**なにか苦手なことがあるくらいのほうが、親しみやすくて好かれます。**人間関係でも、「実は○○が苦手なんだ」と弱みをさらすことで、相手との距離が近くなることもあると思うのです。

SUMMARY

- ヘタでも一生懸命に取り組めば、いつか人は認めてくれる
- 途中で投げ出すのが本当の失敗
- 弱みがあるくらいのほうが親しみを持たれ、人から好かれるもの

RULE 13 会いたい人には自分から声をかける

私には、なんでも話せる昔からの友達が何人もいます。小中学校の頃から知っている地元の友達、高校の友達、短大時代の友達……みんないまでも仲良しで、定期的に集まります。私が素のままの自分に戻れる大切な存在です。

もちろん、セクシー女優の仕事をはじめたときも正直に話しました。親友はすごくショックを受けていましたが、私が頑張っている姿を見て、応援してくれるようになっていました。

仕事が忙しくなった頃には、友達となかなか会えなくなり、「遠い存在になったみたい」と言われたこともありました。なので、意識して友達との時間をつくるようにしていました。

仕事をはじめると毎日が忙しいし、新しい知り合いもでき、ライフステージが変わり、だんだん昔の友達と疎遠になってしまう人も少なくないでしょう。

心許せる友達は大切にしたい。だから私はできるだけ、自分が言い出しっぺになって飲み会などを企画するようにしています。いまはＬＩＮＥなどのツールもありますし、リモート飲み会もできます。自粛期間中にも、何度かリモート飲み会を開催しました。

「自分から誘って断られたら？」と不安に思うかもしれませんが、案外みんな誰かが声をかけてくれるのを待っていたりします。大人の友情にこそ旗振り役が必要です。

「迷惑かな？」と思っても、本当に相手も行きたくないなら断るでしょう。もし断られても、「じゃあ、また次の機会にね！」と明るく返せばいいだけ。そして次の機会にまた誘えばいいのです。ずっと仲良しでいたいからこそ、自分からアクションです。

SUMMARY

- 大切な人との時間は意識してつくる
- みんな旗振り役に助かっている
- 断られることを恐れずどんどん自分から誘う

Column
No.3

こんなときはこう言う！
好印象をつくる伝え方ノート

Q

気が進まないのに誘われるとＮＯと言えません。相手を不快にさせない断り方を教えてほしいです。

A

ウソでもいいので理由をつけて断る。そのあと「誘ってくれてありがとう」とひと言添える。

親しい相手なら正直に断りますが、どうしても断りにくい場合は、「今日は予定があって」や「ちょっと体調が悪くて」と、ウソでもいいので理由をつけて断ればいいのではないでしょうか。

ただし「誘ってくれてありがとう」「今度また誘ってね」のひと言は忘れずに。そ

う言われれば、相手も悪い気はしません。そのひと言があるだけでだいぶ印象は変わると思います。

Q

彼氏や友達が、スマホばかりして相手にしてくれないとき、どうしたらやめてもらえますか?

A

彼氏だったら、後ろから抱きつきながら「私のことを見て♡」とかわいく言ってみる。

こんなとき、ついつい「どうしてスマホばかり見ているのよ!」と怒りたくなってしまいますが、一方的に怒るのは逆効果です。男性に限らず誰だって「どうして○○なの」と問い詰められると反発したくなりますよね。怒らずに、かまってほしいこと、つまり自分の希望をはっきり伝えてみましょう。

友達ならば、「なにを見ているの?」と覗き込んで、「うわ〜、面白い!」とか言って一緒に盛り上がってみる。

彼氏だったら「なにか一緒にできることをしよう」とか、後ろから抱きつきながら「私のことを見て♡」とかわいく言ってみます。

人と一緒にいるのに、ずっとスマホとにらめっこして自分だけの世界にこもるのは、やはり配慮に欠けていると思います。これはその間、相手が手持ち無沙汰になってどう思うか配慮していないということ。

このように伝えても改善してもらえない友達は、悲しいですが、私はもう次は自分からは誘いません。やっぱり一緒にいるときは、その時間を大切にしたいですから。気兼ねしない関係はいいものですが、親しき仲にも礼儀あり、ですね。

RULE 14

好意というプレゼントはどんどん贈る

「恋愛上手＝恋の駆け引きができること」ではない

気になる人や片思いの人がいるとき、あなたならどうしますか？　すぐに告白する？　打ち明けられずに思いを胸に秘めている？

正解はありませんが、私はわりとすぐに「好き」と相手に伝えてしまいます。「好きになっちゃった」「○○くんのこういうところ好きだな〜」など、軽くさらっと言ってしまいます。

むろん、男性に限らず仕事相手、友達や仲間など、みんなに「そういうところ尊敬する」「そういうところが好き」と、思ったらすぐ伝えます。

言われてうれしい言葉はどんどん人に贈りましょう。**人というのは不思議なもので、「好き」とか「いいね」と言われると、相手のことを好きになってしまうようです。少なくとも、自分のことを好きだと思ってくれている相手のことを嫌いにはなり**

にくいというのはわかりますね。

ただし、そう言うのは本当に思っていることだけ。人間は言葉に対して敏感なセンサーを持っています。心にもないことを言うのは伝わってしまうというのも、また事実です。

▼返答を求めることは言わない

恋も同じ。「好き」を伝えるだけで、それまであまり気にしていなかった相手でも意識するようになって、恋愛に発展しやすくなります。それに秘めに秘めてからあら**たまって「好きです」と言うよりも、さらっと言ったほうが相手にも負担にならない気がします。**

「変に思われたらどうしよう」と不安になって、相手に「好き」と言うのは勇気がいる……というのも自然なことです。

でも、**気持ちを伝えず自分の中だけで相手への思いを膨らませてしまうと、ますます告白のハードルが高くなってしまいます。**

気持ちというのは出さないと膨らむ一方なので、自分の中で相手がどんどん美化されていき、「この人しかいない！」と思ってしまいかねません。もしダメでも、最初のうちであれば傷は浅いし、立ち直りも早いというリスクヘッジになります。

それにもしかしたら、相手のほうもあなたのことを好きで両思いの可能性もあります。男性は私たちが思う以上に繊細なので、フラれるのが怖くて言えないのかもしれません。そんなときこそ、軽いノリの「好きだな〜」が効果的。相手にとっても告白のハードルが下がります。

ただし、「付き合ってほしい」までは言いません。「好き」と言うのは自分の気持ちを伝えるだけなので、相手に迷惑はかかりません。ただ、感情を述べているだけです。しかし、「付き合って」と言うのは相手に判断や返事を求めることになり、負担が発生してしまうからです。

▼「好意」はプレゼント

相手の気持ちを探ったり、試したり、思わせぶりな態度をとったり。私もそういった恋の駆け引きを昔はよくやっていました。でもいま思えば、その駆け引きは時間の無駄だったなと思います。

中高生の頃、ティーン雑誌にある男性心理についての記事を夢中で読んで実行していました。好きな人と付き合いたい一心だったのです。でもあるとき、「メールにはすぐ返事をせず、じらしたほうがいい」というテクニックを実践していたら、「そんなに返事をくれないならもういいよ」と、好きだった人が離れてしまったことがありました。

その失敗から、「ヘンに策略を考えて失敗するくらいなら、正直にぶつかったほうがいい」と思うようになりました。「言うとおりにしたばっかりに……」と思うとくやしいけれど、自分のやり方で失敗したのなら納得できますね。

女性どうしでなら、「それかわいい」「そういうところ好き」と言えますね。その感覚でＯＫ！　「好意」は、相手にすぐ贈れるプレゼントです。

SUMMARY

- 好きと言われるのはうれしいこと
- 「好き」の感情は伝えても、「付き合って」の要望は伝えない
- 気持ちは溜め込むとどんどん膨らむ。溜め込まず伝えたほうが楽

RULE 15

喧嘩にならない不満の伝え方

要望を叶えてもらいやすくする「お願い」の変化球

「だからあなたはダメなんだ」と相手を否定したり「あなたは○○なんだから」と決めつけたりする言葉……これらは誰にとっても言われてうれしくない言葉です。「相手を下げることは言わない」は、いついかなるときも大切だと思っています。

▼相手の欠点を責めず、提案やお願いをする

たとえば、相手に「もう少しここを直してほしいな」と思うとき。ついつい、「ダメじゃん！」のように言いたくなってしまうかもしれません。

しかし**目的は、相手を下げることではなくて、相手にいい方向に変わってもらうこと**です。そうであれば、どうすれば相手がやる気になるかを考えればいいのです。

コツは、すべて「お願い」「提案」にすること。決して否定形や命令形では言いません。あくまでも「こうしてくれるとうれしい」「こうしてほしい」と、提案やお願いモードに言葉を変換します。否定・命令は、相手のプライドを傷つけるだけですので、決してよい結果を生みません。

さらに、相手を承認するひと言を付け加えるのも大切です。「〇〇さんのこういうところがすてき」と、相手のよいところを承認した上で、「だからここをこうしたら、もっとよくなると思う!」という提案にしてしまうとどうでしょう? 素直に聞き入れやすいと感じてもらえると思います。

▼自分のしてほしいことは相手にしっかり伝える

親しい関係だからこそ、小さな不満というのは出てくるものです。それも積もり積もれば、あるとき爆発してしまいます。そうなる前に適宜、相手にはっきりと要望を言うほうが、お互いに嫌な思いをしなくて済みます。

たとえば恋人に対して、「LINEになかなか返事をくれない」と悩む人がいます。

それは愛情が冷めかけているからなのか、もともとマメじゃないタイプなのか、見分けがつかないことがあります。

そういうとき、私なら付き合う前か付き合いはじめのうちに、「私はマメに返事がほしいタイプ」と伝えます。**自分がどういった人間なのか相手に伝えるのです。ミスマッチを減らすためでもありますし、自分がどうしてほしいのか明確に伝えることで、相手とのすり合わせができるからです。**

相手は私とは違う人間です。違う環境で生まれ育った人どうしがなんでも察し合うことはできません。だからこそ、言い方は工夫しますが、私は自分がしてもらいたいこと、してもらいたくないことははっきり伝えます。

▼溜め込まずにその都度伝える

大好きな彼氏や長く付き合っている友達、一緒に住んでいる家族など、時間を共に過ごしていくほど、相手のいろいろなことが気になってくるものです。

たとえば同棲で、食べ終わったあとの食器が置きっぱなし、トイレのフタを上げっぱなし、脱いだ服は脱ぎっぱなし、ゴミもゴミ箱に捨てない……などなど、こうしたことを「小さなことだから、まぁいいか」とか「私がやってあげれば済むことだし」と我慢している人は、多いのではないでしょうか。何度も言っているとだんだん相手も慣れてきてしまいますし、自分もうんざりしてしまいます。

しかし、やはり相手に協力してもらいたいですよね。私はそういうときなら、**「ルールをつくる」**という方法をおすすめします。ただそれだけなら、やったことのある人は多いでしょう。私ならさらに、「できていなかったら罰金10円を貯金箱に入れる」と、小さな罰ゲームをつけます。

ふつうじゃない？　と、思うかもしれません。**実はこれには、相手に注意をしやすくなるという効果があります。できていないときに「10円罰金ね！」とかわいく言えば、注意しても重い雰囲気にならずに済みます。そして、「この罰金が貯まったら一緒に旅行しよう」と言うのはどうでしょう。**

不満は自分の中に溜め込まずに、その都度伝えたいものですが、そのままぶつけてしまうと相手も嫌な気分になってしまいます。

逆に、なにかちょっとしたことを頼まれたら「はい、いいですよ！」と笑顔で即答するのも大切です。たとえやりたくないことでも「え〜」と言ったり、ぶすっとして返事をしなかったりするのは嫌な気分になると容易に想像できますね。

できない場合でも「無理！」とは言わずに、「ごめんね、いまちょっとできないかも」と、笑顔で返したほうが断然好印象です。

受け取り手の気持ちを考えて言葉を選ぶこと。言い方一つで大きく印象は変わります。

SUMMARY

- 欠点を言う前に必ずよいことを言うようにする
- 重くなりすぎないようにルールをつくる
- どんなときも命令ではなくお願いモードが効果的

RULE 16

「必ず次がある」と思い込む

人間関係にポリシーを持つ

長く付き合っていると「パートナーが浮気をしていた」なんてこともあるかもしれません。実は、私も何度か経験があります。女性の勘は当たるもので、なぜか大体わかってしまいます。浮気がわかったときの、ショックは計り知れません。

相手の浮気を見つけてしまったとき、私はあえて相手を責めず「信じていたのにそんなことをされて悲しい。すごく傷ついた」と、静かに自分の気持ちを伝えるようにしていました。感情的に責めるよりも、そのほうが「悪いことをしてしまった」と相手に反省を促すことができるからです。

「もう二度としないで」ということも言いません。なぜなら、人間って「ダメ」と言われると、やってみたくなる習性があるからです。「浮気しないで」と言われると、どうしてもまた会いたくなってしまうものなのです。

責められない、禁止もされない、「これじゃあ調子に乗ってまた浮気するのでは？」そう思うかもしれません。でも長く続く人生の中で、一度も間違った行動をしないなんて人はなかなかいないのではないでしょうか。だから**「浮気は一回なら許すけど、繰り返すなら許さない」**、これが私のポリシーです。

何度も繰り返すようであれば、なにをしても浮気をやめられない人ということ。こういう人の場合、彼が変わってくれるのを待つのではなく、すぐに別れたほうがいいと思います。**相手が本当にあなたを愛していて、心からやり直したいのなら、行動で示してくれると思います。**

それでもやっぱり好き。でも不安になる……という人もいるかもしれません。どうしても相手が信じられないなら、それはあなたにとって信頼関係が築けない相手だということ。悲しいかもしれませんが、あなたが心から信頼できて安心できる相手が必ずいるはずです。そういう人を探しにいきませんか？

▼人は変えられない。自分が変わるしかない

ただ、人の根本的な性質は簡単には変わりません。変わりにくい性格の代表例と言えば浮気症ですが、変わらないものを無理に変えようとするのは難しいことです。

恋人の例ばかり出してしまいましたが、これは友達も一緒。何度要望を伝えても変えようとしてくれないなら、無理に我慢せず、それはそれまでと手放すことも必要だと思います。

どうしても相手が歩み寄ってくれないときは、「あきらめる」か「この人は自分とは合わないと思って離れる」かの二択しかないと思っています。あきらめるとは、その人の嫌な面も個性だと思って受け入れること。これで耐えられるならよいのですが、我慢できなくなったら、相手と離れる選択も必要です。どうしても好きで離れたくない……という気持ちもわかりますが、**お互いのためにちょっとした努力を続けられない関係はいずれ破局を迎えるのではないでしょうか**。

「どうしてしてくれないの？」と、不毛な争いに陥ってしまっては、お互い消耗してしまうだけです。

相手とどうしても歩み寄りができないとわかったとき。私はすぐ「次！」と別れを選びます。

この「次がある」精神は、恋愛のみならず、仕事でもなんでも私が思っていることです。

変えられるものと、変えられないものを見極めることが大事です。変えられないものを変えようと無駄な努力をしないこと。変えられるのは未来と自分だけなのです。

SUMMARY

- 浮気を見つけたら相手を責めず、自分の気持ちを伝える
- 相手の言葉ではなく、行動を見る
- 変わらないものは変わらない。そのときはきっぱりとあきらめる

Column
No.4

こんなときはこう言う！ 好印象をつくる伝え方ノート

Q

彼氏のエッチが乱暴で辛いです。アダルトビデオのやり方をマネして、よかれと思ってやっているようで、つい我慢してしまいます。

A

「嫌」とはっきり否定するのではなく、「こうしてくれたら気持ちいいな」と提案をする。

女優をしていて思うのが、やはりアダルトビデオを現実と思って見てしまう男性は多いということ。「彼氏がアダルトビデオで見たのと同じプレイをしようとする」「乱暴で痛い」という声を女の子からよく聞きます。しかし、アダルトビデオで見たのと同じことを、ふつうの女性にしても喜ぶ女性はいないと言ってもいいでしょう。

アダルトビデオのプレイはいわばファンタジー。男優さんも女優さんもプロとして、見る人を楽しませるために大げさな演技をしているのです。男優さんは、外から見たら激しい行為でも、中ではとても繊細で優しい動きをしています。お尻を叩くなど、女性を痛めつけたり、無理強いしたりするのもたいていの人は嫌がると思います。私もプライベートではそういうことは好みません。

しかし、まだまだほかにセックスについて学べる機会がないのも事実です。女性も「嫌なことは嫌」「自分はどうしてほしいか」を、はっきりと言わなければならないと思います。痛いとか気持ちよくないということは、自分にしかわかりません。ちゃんと言葉にして相手に伝えましょう。自分の体を守るのは自分です。

そして男性にも、人によって気持ちいいところ、痛いと感じるところは違うとしっかり覚えておいてもらいたいです。目の前の女性の要望を、ありのまま受け止めてあげてください。

言い方も難しいですよね。まず「嫌」「ダメ」という言葉は、私たち女性が思う以上にぐさりと心に刺さるようです。「こういうの、ちょっと苦手かも」「痛いかも」と婉曲に言いましょう。私はいつも、「こうしてくれたら気持ちいいな」と別の提案をしています。

相手が「嫌だな、したくないな」と思うことをリクエストしてくるときも同じです。「それできないかも」と言っちゃっていい。「これならできる」と、代案を出すのもいいと思います。

無理してなんでもやってあげていると、だんだん辛くなってきます。**セックスについても対等になんでも話し合える関係が理想です。どちらかが我慢する関係は長く続きません。**正直に言って、相手が怒ったり、理解してくれなかったりするのなら、遅かれ早かれその関係はダメになる可能性が高かったのです。

CHAPTER 3

人生の絶対指針は自分らしい幸せのかたち

ほめられたことをメモする

RULE 17

自信は与えられるものではなく育てるもの

「自分にはとりえがない」と思っている人や、自分に自信が持てない人は少なくありません。私も最初そう思っていました。

でも最初から完璧な人などいません。自信は与えられるものではなく、自分で育てていくもの。そのためには行動するしかありません。行動して、「これができた！」という成功体験を重ねていくことで、おのずと自信はついていきます。

成功体験といっても大げさなものではなく、些細なことでかまいません。誰かに「気が利くね」とほめられた、さらに言えば「まつ毛が長くていいね」と言われた、そんなことでも十分です。

私はここでもメモをフル活用しています。**少しでもほめられた、認めてもらえた、ということがあれば、すぐにスマホにメモ。**文字にしておくと、あとで見返すたびにうれしくなります。そして、そのメモを見るたびに「この間、笑顔がいいねって言われたから、今日もいい笑顔でいよう」と意識するようになります。そうすれば、**最初は小さかった「ほめポイント」がどんどん強化されて、本当の強みになっていきます。これが、自信を育てるということです。**

また、自分では欠点だと思っていることを、人がほめてくれることもあります。

私もセクシー女優をはじめたばかりの頃は、むっちりしたお尻がコンプレックスでした。でも「そのお尻がいい」というコメントが続いて、これは私の武器なんだと見方が変わりました。

あなたにも、自分ではそうは思えなくても、何度か言われているほめ言葉はありませんか？　それはきっと、あなたの武器だと思います。ぜひその武器を生かす方法を考えてみてほしいです。

SUMMARY

- 最初から完璧な人はいない。自信は自分で育てていくもの
- 些細な成功体験を積み上げて自信につなげる
- 自分で自分のいいところをメモに書いて強みを強化する

RULE 18 比べるなら過去の自分と比べる

世の中には自分より素敵な人がいっぱいいます。「こんなふうになりたい」と憧れたり、目標にしたりする女性ばかり。しかし私には、「ライバル」と言える存在はいません。強いて言えば、ライバルは自分自身なのかもしれません。

「昨日よりいい自分でいたい」。それが、私が毎日思うことです。「昨日よりはうまくできるようになりたい」「昨日よりかわいくなりたい」と、昨日の自分を常に超えていたいと思っています。それが積み重なればどんどん成長していけると思うからです。

▼一日の終わりに「できたこと」を振り返る

私は一日の終わりに、「今日はここがよかった」「今日はこれができた」とプラスな出来事を振り返るようにしています。

「これができなかった」「あれは失敗だった」という反省ももちろんしますが、くよくよ悩むことはしません。「次、できるようになろう」「次はこうしよう」と、考えたら切り替えます。

ここでもメモを使って、「できなかった」で終わらせず、「これができなかったから、**次はこうする**」と、**教訓としてメモに書いておきます**。そして、それができたらメモを削除。一つ消すたびに、成長したのだと実感できて、自信になります。

セカンドキャリアをどのようにつくっていくかが目下の課題。セクシー女優時代とは違い、自分で仕事をつくらなければならないので難しくはありますが、自分のやりたいようにできるので、とても楽しんでいます。「**セクシー女優時代の年収を超える**」。**そうなったときに初めて、セカンドキャリアとして成功したと言えると思っています。**

SUMMARY

- ライバルは自分自身。昨日の自分を超えていく
- 自分で自分をプロデュースし、セカンドキャリアをつくっていく
- 一日の終わりに今日できたことを振り返る

RULE 19

チャンスの数を劇的に増やす言葉の力

言い続けていれば応援されるようになる

よく「言葉に出して言ったことは叶う」と言われますよね。自分の人生を振り返ってみると、その言葉は本当だったとつくづく思います。

実際、セクシー女優時代に「一番になりたい」と常に言い続けて頑張っていたら、一番になれましたが、まだあまり仕事もない頃から、よく「有名になりたい」「あの作品に出たい」と口に出していました。必ず誰か、聞いてくれている人がいます。

そして、「そういえば、こんな情報があったよ」「〇〇さんが例の話、興味持っていたよ」などのお役立ち情報が集まってくるようになります。引退直前に、セクシー女優のアイドルグループに入れたのも、「メンバーになりたい」と言い続けていたら「オーディションがあるよ」と教えてくれた人がいたからです。

自分がしたいことはどんどん口に出す。すると、自分一人で悶々と考えているよりも、飛躍的に目標に近づくチャンスが増える気がします。言うのはタダ。うまくいけばもうけもの。言った者勝ちなのです。

目標を口にするたび、まわりの人から「無理だよ」と笑われることもありました。でも、それがくやしくて逆に「いまに見返してやる！」とやる気が出ました。「できるわけないって言われるだろうな」「笑われたら嫌だな」と思うかもしれませんが、それでもめげずに、「こうしたい！」と言い続けていたら、最初は笑っていた人もだんだん応援してくれるようになるものです。

人は、まっすぐ頑張っている人に勇気をもらい、応援したくなるものだと思います。

SUMMARY

- やりたいことを言い続ければ、まわりの反応も変わってくるはず
- 周囲の反応は気にしない。くやしさをバネにする
- 一生懸命頑張っている人のことは応援したくなるもの

RULE 20

オールラウンダーよりスペシャリスト

すべてを平均点以上とろうとしない

学校でも社会でも、極端に得意なことがないかわりに極端に苦手なこともない、だいたいどれでも平均点以上くらいとるのがいい——そうなることを求められている気がしています。しかし、私はそれが全くできない人間です。

勉強は得意ではなく、運動も水泳以外はダメ。学生時代、通知表は1と2ばかりでした。高校生のときは、勉強ができないと大学にも行けないだろうということで塾にも行きましたが、嫌いなことは身につかないもの。全く成績は伸びませんでした。

両親も内心では心配していたかもしれませんが、だからと言ってなにか叱られるということもなく、得意なことをしっかりやらせてくれました。

苦手なことは無理に頑張ってもあまり成果は出ません。それならば、好きなことや得意なことだけ人並み以上に伸ばせばいい。苦手なことをすべて克服しようとしたら時間がいくらあっても足りません。「やめる勇気」は決して悪いものではないと思います。

これと決めたことにだけ時間も労力も集中して、「この分野ならこの人」と言われるくらいまで極めると、唯一無二の存在になることができます。

もちろん自分の好きなことでそうなれたらいいのですが、**できるだけ人とキャラがかぶらない、周囲に競争相手が少ないジャンルを選ぶのもよいと思います。**

たとえば私は、美人ぞろいの大手アダルトビデオメーカー専属女優という道ではなく、〝企画もの〟というジャンルで誰よりも多くの作品に出演したことで、トップの座を手にしました。ニッチな分野でも、圧倒的に極めれば人の注目を集めることができます。

SUMMARY

- 苦手なものに費やす時間はもったいない。ときにはあきらめも大事
- 努力の方向を定める。得意なことを集中して伸ばしていく
- ときにはジャンル選びも重要になる

RULE 21

会ったこともない人の言葉に傷つかないと決める

陰口を言われても気にしない。世界はそこだけじゃない

私は、どんなに嫌なことがあってもひと晩眠れば忘れられる性格です。ネットで悪口を書かれれば、嫌な気持ちになりますが、「ネットでしか言えない人なんだろうな」と思って気にしません。

ただ最初からそうだったわけではなく、昔は私もよく落ち込んでいました。

▼ネットでの批判が多数派ではない

デビューした頃から、ブログやSNSで発信をしてきましたが、いまはそれに加え、YouTubeでも発信をしています。

発信をしていると、毎日たくさんの方から応援や励ましなどポジティブなメッセージやコメントをいただきます。ただそれと同じくらい、ネガティブなコメントもいた

だきます。

セクシー女優時代、自分なりに研究して演技の工夫をしていたのですが、その演技について「大げさすぎる」など、ネガティブなコメントが書かれることがありました。落ち込みつつも、「そう思う人もいるんだ、じゃあ次はこう直そう」と前向きに受け止めていたのですが、ときには「でも、私はこの演技のほうがいいと思うのにな……」と納得いかないこともありました。

そんな中、SNSでは悪口を書かれていた作品が、すごく売れたことがあったのです。そこで初めて、**ネガティブなコメントを言う人が、必ずしも多数派ではないという事実に気づきました**。

▼真に受けない訓練を

以前は、人にどう思われているかが気になってしまい、エゴサーチもかなりの頻度でしていました。ひどいコメントを見つけるたびに落ち込むことも多かったです。

しかし、世の中にはさまざまな意見、感想を持つ人がいます。すべてを気にしていられません。いまはネガティブな意見を見ても「そんな考えもあるのか」と受け入れ、そのくやしさをバネにするくらいの気持ちでいます。

自分でも図星だと思う意見やあまりに多い意見は素直に取り入れてみてもよいと思います。しかし、意識して「気にしない」という訓練は、現代には必要なのかもしれません。その人の意見が絶対ではない、ということをぜひ心に留めておいてください。

▼自分のことを下げてくる人にはきちんと「やめて」と言う

インターネットだけでなく、学校や職場などリアルな世界でもネガティブなことを言ってくる人は必ずいます。逃げてもキリがありません。そんなときは、苦手な人を上手にかわすコツを知っておきましょう。

もし、**なにか嫌なことを言われたら「そういう言い方されると傷つくからやめて」と、落ち着いた声ではっきり言いましょう。**その際、傷ついた顔は見せないようにします。もっと攻撃されてしまうからです。

できれば、その人とは距離を置くこと。付き合う人は自分で選ぶことができます。嫌なことを言う人と、無理して付き合う必要はありません。または、自分に合う環境に移るのもよいと思います。それは決して「逃げ」ではありません。

むろん、学校や職場など、それがなかなか難しい場合もあるでしょう。

そんな中で悩んでいる人たちにぜひ覚えておいていただきたいこと。それは、**「その学校や職場だけが世界じゃない」「その人間関係が一生続くわけじゃない」**ということ。

ほかの世界に出てみたら、絶対に新しい出合いがあり、新しい価値観に出合います。楽しいことがたくさん待っています。いつだって私たちが過ごしているのは、広い世界のうちの、ほんの一部の世界。世界は広いです。決してそこだけがすべてだと思わないでほしいです。

SUMMARY

- ネガティブなことを言う人は少数派。応援してくれる人にフォーカスする
- 嫌な人やネガティブな発言をする人とは距離を置く
- いまいる世界がすべてではない。自分に合った居場所は必ず見つかる

Column
No.5

こんなときはこう言う！
好印象をつくる伝え方ノート

Q

彼氏が「お前ブスだな」などの下げてくる発言が多いです。相手は「冗談だよ」と言いますが、やっぱり傷つきます。

A

「たまにはかわいいと言ってほしい」と素直に甘えてみる。

いつもそういう下げてくる発言をされると、だんだん自分に自信が持てなくなっていきますよね。親しい仲の場合、愛情表現の裏返しということもあるかもしれないと考えると、強く「やめて！」と言えないのもやっかいです。

でも、あなたが不快に思うなら、はっきりと「そういうことを言われると傷つくのでやめてほしい」と伝えたほうがいいと思います。その場合は、怒って強く言うよりも落ち着いた声で静かに言うほうが、相手にはこたえると思いますよ。「冗談」で言っているようなので、あなたが傷ついていることに気づいていない可能性があります。

お互いのキャラクターにもよりますが、「たまにはかわいいと言ってほしい」と甘えてみるのもいいかもしれません。「その服は似合わない」と言われたら、「じゃあ、あなたが好きな服を一緒に選びに行こう」と買い物に誘ってみては？　彼氏がすすめるものが気に入れば着てみればいいと思います。

でも、気に入らなければ「だけど私はやっぱりこっちのほうが好き」と、主張すべきところは主張したほうがいいと思います。

なんでも言われっぱなしで我慢していたら、その関係は長く続きません。いくら親しくなっても、相手を尊重し、対等に話せる関係でありたいですね。

RULE 22

誰からも応援される人が大切にしていること

味方をつくるポジティブな声かけ

SNS全盛期のいま、批判やいじわるな感想はすぐに目に入ってきます。もともとの性格もありますが、「気にしない」ということができるようになってからは、私は楽になりました。やはりファンの方々の応援がなければ、このように思えるまでには至らなかったと思います。

▼ポジティブな応援の力

嫌なことを言われたとき、やはりそれを上回るくらいほめてくれたり、いいところを教えてくれたりするまわりの力が必要だと感じています。それなしに一人で気持ちを立て直すのはとても難しいことですよね。

心ない言葉に傷ついたときには、自信を取り戻せる言葉をくれる人のそばにいましょう。

ただし、そういう環境になるためには、**自分も日頃から人にいいことを言っていることが大切だと思います。自信の贈り合いです。そうすれば、まわりにいい人が集まってきます。**

ただ、「すごいね」「いいね」と言ってあげるだけでもいいのですが、どういうところがいいか具体的に言ってあげるほうが心に響きます。「あなたのここが好きだよ」「私はあなたの◯◯なところがいいと思うよ」と言うほうが、「ちゃんと自分を見てくれているんだな」と、相手にも伝わると思います。私もそうやってほめてもらうほうがうれしいです。

▼明るい言葉をかけ合う

いまはネガティブな感想を言いやすい環境があります。

人を下げることを言う人の投稿などを見ていると、その人も周囲から下がる言葉を言われてるのかなと感じます。人を下げる言葉を言うと、やはり同じように人を下げる言葉を言う人が集まってしまって、自分に返ってきます。

常に明るい言葉が行き交う関係を持ちたいならば、自分は相手を下げることを言わないでいること。自ら、ネガティブな環境をつくらないこと。

そうすれば、どんなに批判がきても、温かい言葉に守られて、強くいられると思います。

SUMMARY

- 傷ついた心を癒やすのは、明るい応援の言葉
- ふだんから自分が周囲に応援の言葉をかけよう
- 人を下げる言葉の負のループをつくらない

RULE 23

マイナス思考のいいところ

ネガティブな感情はやる気に変える

私は、常にポジティブでいたいと思っていますが、ネガティブな感情も、必ずしも悪いことばかりではないと思います。なぜなら、自分のこれまでの人生を振り返ってみても、ネガティブな感情があったからこそ頑張れたこともあるからです。

たとえば、「自分はかわいくない」というマイナスな気持ちがあったから「もっとかわいくなりたい、そのためにはどうしたらいいか」と、とことん考えて努力をしてきました。売れていない頃は、「くやしい。いい仕事をもらっている○○ちゃんがうらやましい」という卑屈な思いを持ってしまうこともありました。しかしだからこそ「絶対に一番になる」という強い気持ちを持ち続けることができたのです。

ネガティブな感情は、「負けてたまるか！」と頑張るエネルギーに変えることができます。そのパワーをうまく利用することが大事です。ネガティブな感情を、マイナスの方向にどんどん膨らましていくと、人を陥れようとしたり悪口を言ったり、間違ったところでエネルギーを使ってしまいます。

もし誰かにネガティブな感情を抱いたら、その理由を突きつめてみましょう。「それは嫉妬ではないのか」「嫉妬から逃れるにはなにをすればいいのか」「自分に足りないところを埋めるためにはなにをするべきか」など、負の感情もありのまままっすぐ受けとめていくと、やるべきことが見えてきます。それが、ネガティブな感情をバネにするということです。

SUMMARY

- ネガティブな感情は行動するエネルギーに変える
- ネガティブな感情をマイナスな方向に使わない
- ネガティブになってしまったら、理由を突きつめていく

行動すれば道は開ける

RULE 24 自分の居場所は自分でつくる

私はじっとしているのが苦手で、手帳にたくさん予定が入っていないと、気が済まない性質です。セクシー女優をやめると決めたときも、あらかじめ予定を入れておき、やめたらすぐにハワイ旅行に出かけました。そのあとも、いろいろと遊びの予定を入れていたので、引退したからといって退屈することはありませんでした。

でも少し経つと、遊んでばかりの毎日に飽きてきてしまい、ふと、「このままなんの向上心もなく生きていていいのだろうか。これでは、ただ老いていくだけだ」と思うようになりました。

じっとしていられなくなって、まずはじめたのがダイエット。これがきっかけになり、食事や栄養に興味が湧き、勉強して食生活アドバイザーの資格を取得しました。さらにダイエット検定2級にも合格。もともと勉強は苦手だったのですが、自分が興味のあることなら苦もなく学べるということがわかりました。

そうして、ダイエットや資格取得だけでなく、なにかこれを生かした仕事がしたいとも考えはじめました。

▼新しい能力はピンチのときに発見できる

セクシー女優のときは、アダルトビデオの仕事から派生して、イベントやグラビア、写真集の仕事もできており、セクシー女優であるというのは私の一つの武器でした。

セクシー女優をやめたということは、武器を一つ手放したということ。以前できていた仕事もできません。また、いまは誰も仕事を持ってきてはくれません。つまり、自分で仕事をつくらなければなにもはじまらない。なにもしなければ、明日も、明後日も、仕事がないのです。自分で行動しなければ消えていくだけ。その事実に、最初は愕然としました。

でもそのおかげで、「自分で考える」ということの楽しさを新しく知ることができたのです。引退後も事務所とはいい関係を継続してきたので、「イベントをしたい」

「こんな動画をつくってみようと思うんだけど」……と、アイデアをどんどん出すようにしました。そしてそれが想像以上に楽しかったのです。**ピンチに立って、自分の新しい能力を一つ発見したような気持ちでした。**

復帰して最初の仕事は、自分で企画したイベントでした。ちょうど私の誕生日が近かったので、「バースデーイベント」を開催しました。引退して3年も経っていたにもかかわらず、ファンの方たちがたくさん集まってくれて、そのイベントは大成功を収めました。「自分発信って楽しい！」と、心が震えた瞬間でした。

SUMMARY

- 過去にすがるのではなく、前に進む
- 人頼みではなく自分発信で
- 目標が見つからなければとりあえず行動してみる

RULE 25

自分が積み重ねてきたものを信じて

初めての道も一歩ずつ楽しむ

２０１９年からYouTubeをはじめました。セクシー女優時代は、圧倒的に男性のファンが多かったのですが、YouTubeをはじめてからは、ファンになってくださる女性も徐々に増えてきました。

男性の場合は、私が元セクシー女優だと知っていて、興味を持ってくださる方が圧倒的に多いでしょう。それに対し、女性の場合は、引退後の私を知ってファンになってくれた方が大多数。女性にも応援してもらえるのがとてもうれしいです。

YouTubeは、知人の構成作家さんたちとアイデアを出し合って制作しています。再生回数が多い日もあれば少ない日もあって、どんなコンテンツなら見ていただけるのか、試行錯誤の連続。それでも、頑張れば数字という目に見える形で反響がわかるので、厳しい反面やりがいもあります。

セカンドキャリアとして、具体的になにをどうしていくのかは、まだまだ模索中です。しかし、YouTubeをみんなで頑張って続けていたら、多くの方に視聴していただけるようになり、それがさらに新しいチャンスにつながっていきました。**一つの挑戦が新しい挑戦につながる**のだと、YouTubeを通じて感じています。

▼自分らしさを武器にして未来を切り開く

一方、YouTubeをやる上では、元セクシー女優ということがネックとなって、なかなか広告をつけられないなどのデメリットに働くこともあります。

ほかにも、元セクシー女優の看板を背負っては、地上波のテレビに出ることはなかなか厳しいものです。

一度は名前を変えようかなと思ったこともあるのですが、「それはなにか違うな」「これまで積み上げてきたものを捨てるのではなく、生かしてなにかしたい」と思うようになりました。

YouTubeで募集をすると、恋愛や性についての悩みを寄せてくれる女性も少なくありません。

いろいろな男性を見てきて、恋愛や性について勉強してきた経験があります。専門家ではありませんが、その経験を生かして悩みに答えたりアドバイスできたりすることがあると気づきました。

女性と男性がお互いに相手の気持ちがわからず悩んでいるので、両方の橋渡しになれることをしていきたいと考えるこの頃です。

▼根拠なき自信を持って

現役のときも一番下からどんどん這い上がってナンバーワンになれました。

だからこそ、今度も大丈夫。あと数年で、絶対うまくいく――結果が出ているわけでもなく、まだまだ模索中の日々ですが、実はそんな根拠のない自信があります。

こんなふうに思えるようになったのも、セクシー女優時代の全力投球の日々があったからです。

いまの毎日はすごく楽しい。フットワーク軽く自分発信で挑戦して、トライアンドエラーで！　昨日よりも今日。今日よりも明日。よりよい自分にすることを積み重ねていけば、きっと未来は明るいはずです。

SUMMARY

- 一つの挑戦が新しい挑戦につながっていく
- これまで積み上げてきたものを生かしていく
- なにごとも根拠なき自信が大切！

RULE 26

ブレないのは「どんな人生を歩みたいか」がはっきりしているから

未来の理想から逆算して考える

２０１４年に、ＤＭＭアダルトアワードで最優秀女優賞を受賞したことをきっかけに、セクシー女優を引退しました。「一番輝いているときに引退しよう」と思ったからというのはすでにお話ししたとおりですが、ただ、理由はそれだけではありませんでした。

▼10年後、20年後を考えていまを生きる

「一番になったらやめよう」というのは、デビューから1年ほど経って徐々に売れはじめ、仕事が面白くなってきた頃から漠然と決めていました。やめてどうするかまでは考えていませんでしたが、長く続けられるのは本当にひと握りの人だと思っていたので、いざ引退となっても慌てないよう、心の準備をしておこうと思ったのかもしれ

ません。

私はよく、10年先、20年先にどうなっていたいかを想像しています。そうすることで、「そこを目指して頑張ろう」という向上心が湧いてくるのです。また、いまなにをしなければならないかも落ちついて判断できるようになります。

まず私は、高齢になっても年齢を感じさせない、かわいいおばあちゃんになりたい！　美容やダイエットは「いま」キレイであること以上に、将来のためにやっています。

次に、いずれどこか海外に住んでみたいということ。そのために英会話教室に通っていますが、これはなかなか上達しません……。

しかし、もし移住しても、向こうで仕事ができるように、いま仕事の基盤をしっかりつくっておきたいと考えています。

一番大きいのは、歳をとってもいつまでも人生を楽しんでいたいという気持ちです。いつまでも心にゆとりを持って、まわりの人たちと明るく接したい。そのためにもしっかりした生活基盤を整えておきたい。年齢を気にせず好きなオシャレをしていたいし、さらにゆくゆくは、すてきなホームでみんなとわきあいあいと過ごすような老後を送りたい。

だからこそお金を大切にして、勉強して投資をしています。せっかちな私ですが、「10年後に倍になるといい」というゆったりした気持ちで取り組んでいます。準備しておけば、選択肢がどんどん増えます。

人生設計を考えるのが昔から好きなのは、ある意味、やはりせっかちなのかもしれません。

将来こうしたい。そのために、仕事でしっかり成功したい。そのために、なにをいますべきか……**未来の自分というブレない軸があれば、いますべきことがわかりますし、難しい時期も乗り越えるパワーになります。**

▼歳をとることは楽しみ

18歳のときにデビューして、いま28歳。アラサーと言われる年代になりました。女性にとってはとくにそうかもしれませんが、30歳というのは一つの節目です。だからこそ、この歳が近づくと焦る……という声もよく聞きます。

しかし私は逆で、30代が楽しみ。さらにその先歳を重ねていくことも楽しみです。「どんな世界が広がるだろう」「この先どこに向かうのかわからないけど、きっとそこに自分のやりたいことが待っているはず」。そんな予感がしてわくわくしています。

歳を重ねれば重ねるほど、いまよりもっとわくわくする可能性が広がっているだろうな……。そんなふうに考えていると、未来が楽しみになってくるのです。

SUMMARY

- 未来をイメージしておくとゴールから逆算していまやるべきことがわかる
- 未来に向けて準備をすれば選択肢はどんどん増える
- 未来の自分という軸を持っておく

Column
No.6

こんなときはこう言う！好印象をつくる伝え方ノート

Q

自己主張が苦手で、いつも人に合わせてしまいます。とても疲れてしまうのですが、よい対処法はありますか？

A

無理やり相手に合わせる必要はない。「この人といると疲れるな」と思うなら距離を置こう。

空気を読んだり人に合わせたりすることは、仕事をしていく上でも、友達付き合いにおいても非常に重要です。その場の空気を気まずくしないために、ある程度自分を抑えて人に合わせることは、一つの礼儀だと思います。

でも、あまり合わせすぎてしまうと、どっと疲れてしまいますよね。その人のことを特別に好きなら別ですが、全員に好かれるほど、みんなに合わせる必要はないかもしれません。
「この人といるといつも自分が合わせなくちゃいけなくて疲れるな」と思うなら、自分の快、不快の気持ちに素直に従い、距離を置きましょう。そのほうが、ハッピーな毎日を送れると思いますよ。仕事の関係でも、距離のとり方はあるものです。

Q

彼氏もおらず、一人で過ごす夜が寂しいです。どうしたら寂しさが埋まるでしょうか？

A

「彼氏がいない＝寂しい」という意識を変える。彼氏がいないからこそできる楽しみを見つけよう。

人は一度落ち込みはじめると、どんどん落ち込んでしまうもの。そのうち暗いオーラを発するようになって、よけい新しい出会いが遠のきます。自分からそのループを断ち切るためにも、彼氏以外に楽しみを見出すようにしましょう。

楽しみは向こうからやってこないので、まずは行動することが大事。自分から友達を誘って遊びに行くのもいいし、新しい習い事をはじめたり、資格取得に挑戦してみたりするのもいいでしょう。エステやジムに行って自分磨きに励むのもおすすめです。一人だからこそ自由に使える時間というものはあると思います。

彼氏がいないことを思い出す暇もないくらい忙しくしてみましょう。行動をしていれば人に会う機会も増え、新しい出会いの確率も高まります。

また「彼氏がいなくて寂しい」という意識を変えることも大切。彼氏がいないことを寂しいことと捉えずに、「彼氏がいないからこそできること」をやってみましょう。彼氏がいない時間もいきいきと楽しんでいると、その姿を見ている人はいるものです。

CHAPTER 4

なりたい自分を叶える暮らしのルール

RULE 27

いつでも心にゆとりを持つために

心が折れない人の自分リセット習慣

イライラしたり、焦ったり、落ち込んだりせず、いつも心に余裕を持っていたいですよね。そのほうが、自分自身の心の健康にもよく、ほかの人にも優しくなれる気がします。

▼「お得」なストレス解消法を持つ

ストレス解消法として、めいっぱい買い物する、好きなものを思いきり食べる、という人も多いかもしれませんが、どうせなら、「得したな」と思えるストレス解消法があるとラッキーですよね。私の場合は、片付けと筋トレがストレス解消法です。

もともと私は、片付けが大の苦手。少し気を抜くと、部屋の中は脱いだものや読みかけの本などですぐ散らかってしまいます。

そこで、週1回は片付けの日を設け、徹底的に部屋を片付けることにしています。**散らかったものを整理していくと、不思議なことに心まで整理され、どんどん落ち着いていくことに気づきました。**だから、イライラを鎮めるのにも効果的。目の前の片付けに集中していると、嫌なことを忘れることができます。

筋トレは、ダイエットをするようになってからはじめました。最初はダイエットが目的でしたが、**体を動かすとストレスが発散できることに気づき、嫌なことがあると筋トレを行うようになりました。**汗を流すと嫌なこともさっぱり洗い流されるような気がします。

片付けも筋トレも、お金をかけずにストレス解消ができ、かつ、部屋がきれいになったりダイエットできたり、私にとってはお得なストレス解消法です。**お料理でもウォーキングでも、方法はなんでもいいと思います。自分なりのストレス解消法があると便利です。**

▼空っぽになる時間を持つ

心の余裕を持つことは、私が生活の中で一番心がけていること。余裕がないと、人に優しくなれなかったり、焦って間違いが増えたりするので、心にゆとりをつくる工夫を常に心がけています。

そのために、必ず1週間に一日、なにも予定がない日をつくるようにしています。その日は友達と会うこともありますが、半日でもいいからなんにも予定を入れない日を絶対につくります。

打ち合わせ、取材や撮影などの仕事は、なるべく同じ日に集中させて効率よく片付け、予定がない一日を捻出しています。


家にいる日は、洗濯や片付けをしたり、お料理のつくり置きをしたりしています。時間がないと自炊ができないので、まとめてつくって冷凍しておきます。

セクシー女優をやっていた5年間は、自分の時間というのはいっさいありませんでした。家に帰って寝て、また次の日の朝、現場に向かう……の繰り返し。食事もすべて現場。家にいるのは、寝る数時間しかありませんでした。

時間に追われることなく、いましたいことをしたいようにできる時間。これがいいリフレッシュになります。


お風呂は、心を整えるための大事な時間。時間に余裕があれば、好きな香りの入浴剤を入れて長風呂です。その時間はスマホなども持ち込みませんし、マッサージなどをしているわけでもありません。**ただひたすら、ぼーっとなにも考えず天井を眺めています。気づいたら3時間も経っていた、ということもあるくらいです。**

お風呂でなくても、ベッドの上でひたすらぼーっとすることもあります。これは昔からの習慣なのですが、頭の中を空っぽにすることで、疲れがとれる気がします。

▼スマホを手放し、余計な情報を仕入れない

1週間に一度の家にいる日は、SNSもなるべく開きません。開くと長い時間見てしまうことになるからです。頭の中が情報で溢れてしまいますし、どうしてもキラキラした人を見て、比べてしまいます。気にしないようにしていても、いろいろな意見を眺めていると、ついつい考え込んでしまいます。

だからこそ、**なにも考えず、頭を空っぽにしてリセットしてあげる。そんな時間を持つことはとても大事です。**

一日の嫌なできごと、仕上げなければいけない仕事のこと。考えるべきことは次々出てきます。だからこそ、意識して思考を止めて、自分をいたわる時間を設けるこ

と。そうしているうちに、ずっと悩んでいた問題の解決法がふっと思い浮かんだり、新しい企画を思いついたり。そんなこともよくあります。

忙しい毎日をしっかり効率よく乗り越えるために、意識してストップする時間を自分のためにとってあげましょう。あなたに合う方法をぜひ探してみてください。

SUMMARY

- ストレス解消の方法はできるだけお得なものを見つける
- リフレッシュできるように、予定のない日を必ずつくる
- スマホを手放し、頭を空っぽにするといいアイデアが生まれる

RULE 28

時間は自分でコントロールする

自分の一日は自分でデザインする

セクシー女優のときには、予定や時間管理を事務所とマネージャーさんにお任せしていました。人にスケジュールを管理してもらうのは、とても助かってありがたかったのですが、いま振り返ってみると、なかなか予定が確定せず落ち着かなかったり、急に予定外の仕事が入ったりと、休日の予定が立てづらい部分もありました。

引退してからはフリーになり、マネージャーさんもつかなくなったため、自分で時間を管理しなければいけません。どうやったら時間を有効に使えるのか、最初は少し戸惑いました。でも、すべての予定を自分で把握できるというのは安心しますし、非効率な時間ができないように自分で予定を組み立てられるのはなかなか快適です。

私はもともとせっかちなので、なるべく同時にタスクを消化するようにしています。移動中に着替えたり、資料を読んだり。さらにいまでは自分の時間をつくるために早めの行動を心がけています。

ちなみに、食べるのも本当に早くて、現役時代はそれゆえにいっそう食べすぎてしまっていたくらいです。

毎朝、一日の予定に合わせてその日の動き方をイメージしていますが、時間の使い方は、いまのほうがぐっと上手になったと思います。

▼予定はすべて〝見える化〟し、状況を整理する

スケジュールは、スケジュールアプリで管理しています。アプリに書ききれないものは、スマホのメモアプリに詳しく書いています。ここでもメモをめいっぱい活用しています。

すごく忙しいときでも、スケジュール帳に細かく書いて〝見える化〟すると、「これだけこなせばいい」と安心でき、パニックにならずに済みます。

それに、計画を立てて行動をしたほうが、計画を立てないよりも多くのことがこなせる気がします。スケジュール帳をあとから振り返ると、これだけのことをこなした

のかと達成感も得られ、自分の成長記録にもなります。

SUMMARY

- 効率的に予定を立てて、自由時間を捻出する
- 予定を〝見える化〟すると状況が整理でき、忙しくても焦らなくなる
- スケジュール帳は、自分の成長記録になる

RULE 29 ダイエットの命運を分けるのは「知識」

高校生のとき、無理なダイエットをしたことがあります。やせてきれいになって、自分をフった彼氏を見返してやりたいと思ったのがきっかけです。その頃は健康やダイエットについての知識がなく、すぐにやせたい一心で、食べたものを吐く、下剤を飲む、というかなり乱暴な方法を試みました。たしかにすぐにやせましたが、肌はカサカサになり、体力も落ち、いつも体がだるいという状態に。また、突然甘いものが食べたくなり、満足するまで大量に食べ続けてしまうなど、食事は無茶苦茶でした。案の定、リバウンドしてまた吐いてしまうという悪循環に陥ってしまいました。

セクシー女優の仕事をするようになってからは、コンビニ弁当やジャンクフードばかり食べるようになっていました。「食べなきゃやっていられない」と思い込むくらい多忙で、そのストレスから一日4、5回食べ、さらには間食まで。拘束時間も長く、寝ていないので余計食べてしまう……と、ここでも負のループに陥っていました。

体力も使う仕事だったので「このくらい食べても大丈夫」と思っていたのもあります。引退をするときには10キロも体重が増えてしまいました。

そんな私ですが、引退後に10キロのダイエットに成功して、いまも体形をキープしながらゆるゆると続けています。

どうして今回はやせられたのか。**過去のダイエットで反省すべき点は、「知識」が足りなかったことと、「すぐにやせたい！」という焦りでした。**

▼疲れないダイエットを

栄養について勉強するようになってから、自分がいかに危険なダイエットをしていたかを知りました。カルシウムや鉄分などの栄養素は、成長期にしっかり蓄えておかないと、将来の妊娠・出産時に栄養が足りなくなったり、体重が減りすぎて生理が止まってしまうと、のちに不妊症の原因になったりする可能性もあります。

　また、**最低限の食事をしないと、体は栄養失調などにならないようエネルギーを使わなくなり、脂肪を溜め込もうとするため、食べたものが吸収されやすい体質に変わってしまいます。そのため太りやすくなってしまうのです。三度の食事を規則正しく食べるほうが、健康的にやせるには効果的です。**

　今回はしっかり三食食べていたので、10キロ落とすまで、いっさい辛いという思いはありませんでした。

　いままでは、食品成分表やカロリーブックで必要な栄養素がとれているか、カロリーは足りているかを確認して料理をするようにしています。と言っても、難しい料理をするわけではありません。主食は玄米。おかずは、鶏むね肉や豆腐、納豆などの良質なタンパク質と、たっぷりの野菜をとるように心がけているくらいです。

　休日には、鶏むね肉の蒸しハムをつくり置きしたり、葉野菜を下ゆでして冷凍したりして、忙しい平日にも手軽に食事をつくれるようにしています。

　もちろん毎食厳密に栄養やカロリー量を管理するのも難しいので、おおまかな目安で考えていいと思います。タンパク質・食物繊維・糖質のうち、糖質をとりすぎなければOK……というざっくりでよいと思います。

外食なら、ピザやパスタなど炭水化物が多いものより、焼き肉などのタンパク質をしっかりとれる食事を選択。お付き合いで外食が続くときは、三食中一食はプロテインだけにするなどして、トータルでバランスがとれるように調整しています。

間食をするときは、おしゃぶり昆布やこんにゃくゼリー、ナッツなど、なるべくヘルシーなものにしています。ただ、もともとスイーツが好きなので、我慢できないときは食べてしまいますが、なるべく糖質オフのスイーツを選びます。

停滞期もありましたが、大切なのは焦らないこと。コツコツ続けていたら、また体重が落ちるようになりました。

自分にとってストレスのない範囲で、焦らずコツコツ続ける。努力は裏切りません。

▼今すぐやせたい気持ちに負けない

SNSを開けば、スーパーモデルのようにスリムな人の写真で溢れています。ネットの広告も、ダイエットを促すものばかり。これだけ流れてくるので、「やせなきゃ」と焦ってしまうのもしかたないかもしれません。

しかし、無理なダイエットは将来の健康にも影響します。また、摂食障害はなかなか治らないので、精神的にも非常に辛いです。過激なダイエットでせっかくやせたとしても、不健康で陰鬱な雰囲気をまとってしまったら、やはり印象もよくありません。

正しいダイエットをすれば必ず健康的にやせられます。「いますぐに、ガツッとやせたい」という気持ちを、どうか乗り越えてほしいです。

SUMMARY

- 無理なダイエットは危険。反対に太りやすくなることも
- 良質なタンパク質とたっぷり野菜を食べる
- 頑張った分だけ必ず効果は出る。コツコツと続けること

RULE 30

筋トレをしっかり習慣にする考え方

「挫折」より「一日1分でいいから「継続」

健康な体のためには、食事だけでなく適度な運動も重要です。なるべく徒歩で移動する、エスカレーターやエレベーターを使わず階段を使うなど、小さなことでも十分運動になります。私は以前はタクシーをよく利用していましたが、ほとんど乗らなくなりました。

セクシー女優を引退したあとの充電期間中に、筋トレをはじめました。最初はジムに通っていたのですが、忙しくなると行くこと自体が億劫になってしまうため、現在はYouTubeを見ながら自宅で行っています。やせるためにはじめた筋トレですが、ストレス解消になりますし、体を動かしていると、気持ちが前向きになるので気に入って続けています。

よく、心と体はつながっていると言われますが、本当にそのとおりだと思います。心の健康を維持するためにも、コツコツ筋トレを続けようと思っています。

▼習慣にするコツ

筋トレというとどうしても続かないイメージがありますが、続けられないのは、頑張りすぎているからだと思います。

私は「1分でもいいから毎日なにかやる」と決めています。きついトレーニングを数セットやろうと思うと続きませんが、1分ならやってみようという気になります。

目標のハードルを高くしすぎないこと。すると続けられて、「ここまで続けたんだからやめるのはもったいない」という気になり、習慣になります。習慣になれば、こちらのものです。

私は下半身がやせにくいのが悩みなので、スクワットや寝転がって足を左右にパタパタ開いて閉じる「足パカ」をよくやっています。ほかにも、歯みがき中や電子レンジの時間待ちのときなどに、スクワットやかかとを上げたり下げたりするなど、〝ながらエクササイズ〟もよくやっています。このくらいなら、負担にならず続けられます。

高すぎる目標に挫折してなにもしなくなるより、小さくても続けること。確実に効果があると思いますよ。

SUMMARY

- 運動をすると気持ちも前向きになる
- 頑張りすぎない程度にとどめ、筋トレを習慣化する
- 日常の空いた時間を利用して、〝ながらエクササイズ〟をする

ファッションは自分を好きになるためのツール

RULE 31 服は着ていてハッピーかどうかで選ぶ

セクシー女優のときは、ファッションもメイクも男性ファンの目線を意識したものでした。黒髪のストレートヘア、前髪ぱっつんの清楚な姿は、「そのほうが人気が出るよ」というアドバイスに素直に従ってできた仕事としての私。それが不満だったことはありません。しかし、自分の「こうしたい」という気持ちに素直に、自由に好きなファッションやメイクを試せるようになったいまのほうが、もっと楽しいです。

ファッションやメイクは、「なにが自分に合っているか」「どういう服装やメイクにしたら自分がハッピーでいられるか」という視点で、日々研究をしています。

ハッピーでいることは、自信を持つために必須。自分が自信を持っていると、人からも「かわいくなったね」「今日のファッション、すごく似合っている」とほめられ

ることも多いような気がします。

もちろん、「前のほうがよかった」と言う人もいます。それもうれしい反面、容姿が変化するのは当たり前。昔自分に似合っていたものがいまも似合うとは限りません。年齢によって似合うファッションやメイクも変わるはずです。かわいいおばあちゃんになりたいという目標がありますが、これから年齢に合わせてどんなふうに似合うものが変わっていくのか楽しみでもあります。

ちなみに私は、毎日鏡を見て「いまの私が一番かわいい」と自分に言っています。この言葉をメモアプリに書いているというお話もしましたが、もともとコンプレックスのかたまりだったので、自分で自信を育てています。外見を磨くことでも、にじみでてくるものがあります。内側から輝くためにできることです。

SUMMARY

- 自分の「こうしたい」という気持ちに素直になる
- メイクやファッションは自分のためでOK
- 「自分はかわいい」と自分を高めて自信をつける

RULE 32

人生の挑戦・余白・失敗のための予算を確保する

「愛があればそれだけで大丈夫」ではない

「愛があればお金なんていらない」と言う人もいますが、誤解を恐れずに言えば、むしろ、「愛もお金で買える」と言うほうが、私の考えに近いかもしれません。投資の勉強をはじめてから、ますますそう思うようになりました。お金はあるに越したことはない、とは多くの人が思っていることでしょう。

でもあらためてここで、お金について考えてみたいと思います。お金がほしいという思いでセクシー女優となり、いまもお金は私にとって大きなモチベーションですが、お金を通じて自分がほしいものが明確だからこそ、最大まで努力しようと思えたのです。

▼お金は先立つものであり、保険でもある

お金があればなんでもできます。運用したりもできるし、資産になるし、たとえばやりたいことが見つかったら事業もはじめられます。

お金があれば、失業しても焦らずに次の仕事を探せます。起業など、やりたいことがあるときにはすぐに実行できます。プライベートでもたとえば、「お金がなくて離婚できない」というようなことも避けられます。

お金がすべてではありません。しかし、なにかをお金が理由であきらめるのはとてもくやしいものです。まさに**お金は、人の可能性を広げてくれるもの**。人生の選択肢、つまり自由の幅がぐっと広がることはたしかです。

それ以上に、お金に余裕がないと気持ちにも余裕がなくなってしまいます。

小さなことでトラブルを引き起こしてしまうなど、人は追い詰められてしまうと、他者に優しくありにくいものです。

そうして、人間関係がギスギスしてしまったり……。「金の切れ目が縁の切れ目」という言葉もあるように、お金がきっかけで夫婦仲が悪くなったり、人間関係が壊れ

たりすることは多いと思います。

私がほしいのは、お金による心の余裕。それによって、人に対して優しく明るくあり続けたいということです。

第3章でもお話ししましたが、私は理想とする将来像をいつも考えています。人生の最期の瞬間まで、ゆとりを持って明るく過ごしたい。

そのためにお金が必要。そのために仕事を頑張る……と「いま」の好循環にもなっているので、お金はいいモチベーションになると思います。

SUMMARY

- お金によって得たいものはなにかを考える
- ほしいものを明確にするとモチベーションが上がる
- お金があることは余裕につながる

RULE 33

無駄づかいをしない、人に貸さない

お金の怖い側面を知っておく

いくらお金があっても無駄づかいは禁物。なくなるのはあっという間です。若くしてたくさん稼いでいる人もいますが、あまり考えずに大金を使う人もいるので、若い頃の自分を見ているようで心配になります。

私もセクシー女優として現役で働いていた頃は、同年代の女性に比べれば、たしかに多くのお給料をもらっていました。そもそも使う時間もなく、ブランド物を買いまくるというタイプでもありませんでしたが、友達と飲みに行くと全部私が支払ったりと、気が大きくなって散財してしまうことはたびたびありました。

引退を意識しはじめた頃から、もしかしたら一生結婚しないかもしれないし、その場合は自分の力で一生食べていけるくらいは貯めておかなければ、と思うようになりました。そうして投資などお金の勉強をはじめ、引退してからも投資のリターンだけで生活でき、お金に困ることはありませんでした。

▼お金は人間関係を壊すこともある

現役時代のお金回りがいいときには、人にお金を貸すこともたまにありましたが、貸したお金が返ってきたことはありませんでした。

年下の彼氏と付き合ったとき、彼はまだ学生でアルバイトをしていたのですが生活が苦しく、カードローンでお金を借りていました。あるとき、返済が溜まって困っているというので、お金を貸してしまったことがあります。しかしその後、お金を返してくれる気配はなく、こちらも「いつ返してくれるの？」とは聞きづらくて、だんだん彼との関係も悪くなっていきました。肩代わりしたのは20万円程度だったので、当時は仕事もたくさんいただけていた私にとってはそこまで大きなお金ではなかったのですが、結局それが原因で別れてしまいました。

このときに学んだのは、「貸したお金は返ってこない」ということ、そして「お金の貸し借りは人間関係をダメにする」ということ。そして、「お金を貸してほしいという男性にはロクな人はいない」ということも身に染みて学びました。

▼2500万円をだましとられて気づいたこと

一番痛かったのは、詐欺に遭ってしまったこと。知り合いに紹介された人が、代わりに投資で運用してくれると言うので、1500万円ほどお金を預けてしまいました。

最初は配当金もつけてすぐに返してくれました。銀行だと定期預金でも0．01%くらいしか利息がつかないのに5%くらいの利回りで運用してくれたので、配当金はちょっとまとまった金額にもなりました。

最初に配当があったことで、その人をすっかり信用してしまい、徐々に渡すお金の額を増やしていきました。ところが、2500万円を渡したのを最後に、その人とは連絡がとれなくなってしまったのです。「だまされた！」と思いましたが、あとの祭り。お金は戻ってきませんでした。その当時は、仕事もどんどん入っていたので、「もう一度稼ごう」と立ち直りましたが、そうは言っても、2500万円は大きな額なので反省しました。

以来、お金については自分で勉強して、人任せではなく自分で投資をするようになりました。また、**うまい話には裏があるということ、安易に人を信用してはいけないということも学びました。**高い授業料になりましたが、早くわかってよかったと思っています。

SUMMARY

- お金が潤沢にあるときも調子に乗って散財しない
- お金の貸し借りは人間関係をダメにする
- うまい話には裏がある。他人にお金を渡すときは慎重に

RULE 34

気持ちよくお金を使うために

自分なりのお金のルールを持つ

投資などで「増やす」ことも積極的に取り組んでいますが、逆にお金の使い方にも気をつけています。現在、心がけていることが大きく3つあります。

▼衝動買いはしない

私はその場の思いつきでモノを買うことは絶対にしません。買う前に必ず、「本当にそれが必要なのか」「似たものを持っていないか」「ほかにもっと有効なお金の使い方はないか」を考えてから買うようにしています。

買いたいものが出てきたら、スマホにメモをしておき、ひと晩寝かしてそれでもほしければ買います。何日もメモに書いたまま買わないものは、それほどほしくなかったのだなと思い削除しています。また**高額なものは計画を立て、目標額に達するまでは買うのを我慢**します。このように、衝動買いを抑えられれば、無駄なものを買わずに済むのです。

リボ払いやカードローンは絶対に使いません。借金してまで買おうとは思いませんし、高額な金利を払いたくないからです。カードローンを気軽に借りる人がいますが、冷静に金利のことを考えてみてください。カードローンの金利の平均はだいたい14%前後です。10万円のものを買うのに余分に1万4千円の金利を払わなければならないのはナンセンスです……。お金が貯まるまで我慢して買ったほうが喜びも大きいし、その間に本当に必要かどうか考えられるので、無駄買いもしなくなります。

▼ポイントを賢く使う

支払いは現金ではなくカード払いにしています。3回払い以上になると利息がついてしまうため、基本的に1回払いにしています。カードは1種類に絞ったほうがポイントが貯まりやすいのでおすすめです。私はマイルを貯められる航空会社のカードを1枚使っているため、ハワイなら往復できるくらい貯めることができました。

いきなり投資をはじめるのは難しいかもしれませんが、カードを一つにしてポイントを貯めて買い物をする、などは誰でもできることですし、これも小さな投資の第一歩です。得をすることはあっても損をすることはありませんので、ぜひ意識してみてください。

▼お金を貯めるなら貯金よりも投資で

私は毎月、使っていいお金の額を決めて、その中でやりくりするようにしています。もしお金が余ったら、そのお金は貯金ではなく投資に回します。なぜなら銀行は金利が低いから。基本的に、銀行には急に現金が必要になったときのために少しお金を入れているだけ。あとは投資で増やしています。

「投資はリスクが高くて怖い」と言う人も多いですが、短期間で大儲けしようなどと欲を出さず、長期間でリスクを分散しながらコツコツやればほとんど損をすることはありません。

私の場合は、投資信託を中心に、**「いまから20年後にここまで増えればいい」と、大枠の目標を決めて手堅く投資をしています。**短期間で売ったり買ったりをすると、目先の株価に振り回されて、ストレスになるし、間違った判断をしてしまいがち。バランスファンドなど比較的リスクの少ない投資信託を、地道に長期間積み立てるのが最も確実にお金を増やす方法だと思います。

▼お金は自立の条件

引退をして3年間の充電期間ののち、仕事を再開しました。向上心を持って生きていきたいという理由もありましたが、収入がないという状態が続くのが不安だったからでもあります。

私は、もし将来結婚してもパートナーと対等な関係でありたい。そのために、自分の収入があることはとても重要です。

心の安定と、人生の選択肢を増やすためにも経済的自立は重要なポイントです。

SUMMARY

- 自分の中でお金のルールをきちんと決める
- 自立するためにも自分で稼ぐということが大事
- お金はすべてではない。けれどあったほうが確実にいい

RULE 35

歩み寄りのない関係は先細り

パートナーの基準は「トラブルが起きたときに協力し合えるか」

私の理想のカップル像は両親です。父はいわゆる「昭和の男」という人で、寡黙な人でしたが、お風呂掃除に食事づくり、家事は自然に分担する人でした。父が家でじっと座っているのを見たことがないと思うくらいです。それくらい常に動き回って、家事をしていました。

父と母はとても仲がよく、対等な夫婦関係だったので、子どもの頃からそれが当たり前の夫婦像でした。だから家事などもなるべく分担して協力し合いたいと思っています。

最初に「家事は妻の仕事」というような関係性が決まってしまうと、それが当たり前になってしまい、その後もずっと続いてしまうものです。最初が肝心ですので、「ここは分担しようね」と、最初から役割分担を話し合っておくのがいいと思います。

お互いにそれを続ける努力をできるかが重要だと思います。

子育ても、一緒にできる人が理想です。最近、「イクメン」が話題になっていますが、二人の子どもなのだから、男性も子育てをするのは当たり前。イクメンをすごいことのように特別視するのもちょっと違うのではないかと思っています。

結婚は、「好き」だけではできないもの。日々の生活です。だからこそ、お互いを尊重できる人、対等に話ができる人、長い目で見て「この人となら一生協力し合える」と思える人と結婚したいと思っています。

▼衝突するのは当たり前

好きな人と結婚をして、一生添い遂げられればそれが一番幸せだと思いますが、これればかりは実際に結婚してみないとわかりません。最初はうまくいっていても、あとからどうしても価値観が合わないことが出てきたりするケースもあります。

もともと育った環境が違う二人が一緒になったのだから衝突するのは当たり前。

だからこそ結婚相手は、ケンカをしても二人で話し合って解決していくことができるかどうかが大事だと思っています。

街を歩いていて、歳をとっても仲睦まじい様子で歩いている夫婦を見かけると、とてもすてきだと感じます。きっと、その人たちも若い頃はたくさんケンカをして、その度に折り合いをつけてきたのでしょう。**大切なのは、お互いが二人の生活を続けるために、どこまで譲り合えるかです。**

お互いが自己主張をして譲り合う気が全くなかったり、いくら話し合っても平行線をたどったりと、どうすることもできない場合は、一旦離れて冷静になるのも一つの手。努力してもダメなら離婚という選択肢をとるのも全く問題ないと思います。いざ離婚となると、さまざまな事情が絡んで、なかなか難しい部分もあると思います。

しかし、もし「離婚はかっこ悪い」「恥ずかしいこと」など、世間体や常識にしばられて嫌な関係を続けてしまうならば、それはもったいないと思っています。いつまでもずるずる関係を続けるよりも、早めにやり直したほうが、お互いにとって有意義な時間が増えるのではないでしょうか。

逆に言えば、ダメならやり直せばいいのだから、チャンスがあったら勢いで結婚してしまっても、私はOKだと思います。

▼人生を楽しむ姿を子どもに見せたい

私はいずれ、子どもがほしいと思っています。もし、子どもを持つなら、私の両親がしてくれたように、その子のやりたいことを尊重し、自由にさせてあげたい。子どものやりたいことを応援できる親でありたいです。

子どもができても仕事は続けるつもりです。**妻や母であると同時に、一人の人間として、自分自身の世界を持っていたいからです。**

私の母は、私が小学校に入るまでは仕事を中断し、子育てに専念したあと、仕事に復帰しました。働くということや、仕事と家庭をどう両立するか、母の背中から学んだことはたくさんあります。母は私の一番身近な女性の社会人だったので、私が進学や就職で悩んだときは、広い視野で、社会人としてのアドバイスをしてくれました。子どもが大人になったときに、社会人としてよきアドバイスができる自分でありたい。そのためには仕事を続けて、広い視野を持っておきたいです。

親は子どもにとって、一番身近なロールモデル。だからこそ、生き生きと笑顔で働いて、人生を楽しんでいたい。お母さんが人生を楽しんでいれば、子どもも未来に希望が持てるし、「働くことはすてきなことなんだな」と思ってもらえるはずだと信じています。

SUMMARY

- 育った環境も価値観も違うのだから、夫婦が衝突するのは当たり前
- 無理して結婚生活を続けることはない。別れるなら早く決断する
- 妻や母以外の自分も持ち、人生を楽しむ姿を子どもに見せたい

Column
No.7

こんなときはこう言う！
好印象をつくる伝え方ノート

Q

お姑さんに、「子どもはまだ？」と言われます。まだ二人の生活を楽しみたいのですが、なんと返せばいいでしょうか。

A

「子どもについては二人で話し合っているので、心配しないでください」とやんわりと、でもはっきりと言う。

いつ子どもを産むかは、夫婦二人の問題。義理の両親や自分の両親であってもあれやこれやと言われると悲しいものです。

理想は、夫婦で子どもはいつ頃ほしいのか、十分に話し合っておくこと。そして、もし親からなにか言われたら、義理の親の場合は夫から、自分の親の場合は自分から、「まだ仕事をしたいし、二人の生活を楽しみたいので、いつ頃産もうと二人で話し合って決めています。心配しないでください」とやんわりと、でもはっきりと言いましょう。

急に「子どもはまだ？」と聞かれても、うまく対処できません。あらかじめパートナーと相談して決めておくことが大事だと思います。

Q

結婚後、夫から「仕事はいつやめるの？」と言われました。私は仕事を続けたいのですが、どう説得すればいいでしょうか。

A

すぐには理解してくれないかもしれないけど、「これからも働き続けたい」と自分の気持ちをはっきり伝える。

結婚する前に今後のライフプランについて話し合っておくのが一番いいのですが、結婚後に突然言われたのであれば、「あなたのことも好きだけど仕事も好き。これからも続けたい」と、きちんと言うほかありません。

自分の思い描いているキャリアデザインを伝えた上で、産休・育休を利用して働き続けたいという意思をはっきり伝えましょう。

「働いてもいいけど、オレは家事とか手伝わないよ」という夫なら、根気強く、夫の助けが必要なことや自分が働きたい理由を説き続けましょう。すぐには理解してもらえなくても、一生懸命働いている姿を見れば、きっとわかってくれるはずです。

それでもわかってくれないなら、そのときは価値観が合わなかったということで別れてしまってもしかたがないと思います。そのくらいの覚悟があれば、わかってくれるかもしれませんね。

CHAPTER 5

with セクシー女優&作家 紗倉まな & 産婦人科医&プロボクサー 髙橋怜奈

恋と性のお悩みガールズトーク

ABOUT
THIS CHAPTER

この章では、私のYouTube「あいちゃんねる」や公式Twitter、インスタグラムによく寄せられるお悩みを取り上げ、同じくセクシー女優の紗倉まなさん、産婦人科医の髙橋怜奈先生にお答えいただきました。性に関する悩みは、なかなか人に相談できないですよね。男性のお悩み、女性のお悩みについて、私とまなさんの体験談や意見も織り交ぜながらご紹介。一緒に正しい知識を学びましょう。

紗倉まな

2012年にデビューし、人気女優として活躍するかたわら、歌手、文筆家、コメンテーターとしても活動中。2015年にスカパー！アダルト放送大賞で史上初の三冠を達成。著書に小説『最低。』、『凹凸』（いずれもKADOKAWA）、エッセイ集『高専生だった私が出会った世界でたった一つの天職』（宝島社）、『働くおっぱい』（KADOKAWA）、スタイルブック『MANA』（サイゾー）など多数。小説『春、死なん』（講談社）が、2020年10月に「野間文芸新人賞」候補にノミネートされる。

髙橋怜奈

女医＋（じょいぷらす）所属。東邦大学医療センター大橋病院・産婦人科在籍。趣味はベリーダンス、ボクシング、バックパッカーの旅。2016年6月にボクシングのプロテストに合格をし、世界初の女医ボクサーとして活躍中。YouTuberとしても活躍中で、生理や性に関することをわかりやすく伝えている。

Q.1

胸が小さいのが悩みです。豆乳を飲んだり、矯正ブラをつけたりしているけどなにも変わりません。いい方法はないですか？――女性

上原

これ、わかる〜。ダイエットして胸が小さくなっちゃったので、私もすごく気になります。

紗倉

アダルト業界ではGカップからが「巨乳枠」ですからね。私も大きくしたいなぁと豆乳を飲んでいました。

髙橋

まず、豆乳を飲んでも効果はないですね。

紗倉

えー！　ショック！　毎日飲んでたのに！

高橋

体によいものだから毎日飲んでもいいですが、豆乳で胸は大きくなりません。そもそも、胸の大きさは18歳くらいまでに決まります。**思春期の間に分泌される女性ホルモンの量で決まってくるので、その後大きくなることはありません。**

サプリや筋トレで胸だけが大きくなることもありませんし、一度太ってダイエットをして胸だけ残す……というのもできません。脂肪は全身でまんべんなく燃えるからです。女性ホルモンに似た成分が入っているから胸が大きくなると謳っている、いわゆる**バストアップサプリも、全く根拠はありません。**

ちなみに女性ホルモンは、多すぎると乳がんや子宮がんなどのリスクが高まります。決して「多ければいい」というものでもないんですよね。

マッサージやサプリ……「育乳」の効果は？

上原

育乳マッサージはどうですか？

高橋

マッサージによってむくみがとれたり、ハリを出したりすることはたしかにあるかもしれません。しかし、**バストの大きさを決める乳腺自体が大きくなるわけではな**

いですね。

上原

背中の脂肪を前に持っていって胸を大きくするというマッサージもありますが、あれなら効果ありますか？

髙橋

脂肪を寄せて谷間ができたとしても一瞬だけで、すぐに元に戻ります。脂肪が移動することはありえません。脂肪は手術でしか動かせません。

女性のボディビルダーで、細いのに胸もしっかりあるタイプの人は、実はたいてい豊胸手術をしています。

効果のない高価なサプリを買うくらいなら、豊胸手術をしたほうが時間もお金も無駄にしなくていいかもしれません。

私の勤務先にくる女性で、バストアップサプリを飲んでいる10代の子はとても多いんです。避妊のためのピルをすすめても「毎月2000円もするからイヤ」と言うのに、バストアップサプリに毎月5000円も出しているのを見ると、なんとも言えない気持ちになります……。

上原

効果がないものを言葉巧みに高額で売っている悪質な業者は許せないですね！

紗倉

胸が大きいことがいい、みたいな価値観が世の中に蔓延していますよね。大きくなくてもいい、という美意識がつくれないのかな。

髙橋

「彼女にしたいタレントランキング」で上位になっている人って、意外に胸は大きくなかったりしますよね。やっぱり顔が一番、ってことですね（笑）。

紗倉

顔のかわいさだけでなく、やわらかい癒される雰囲気を持っている気がします。

髙橋

だからあまり深刻に悩まないでもらいたいなと思っています。胸が小さい人が大きく見せることはできますが、逆は難しい。大きすぎて悩んでいる人もいます。**小さい人は大きくも見せられるし、小さいままでもいけるし、二通り楽しめると前向きに考えてもいいかもしれませんね。**

紗倉

アダルト業界に入ってわかったことがあって。**胸が大きい人、小さい人、やせた人、ふっくらした人、いろいろなタイプの女優さんがいますが、どの体形の女優さんにもそれぞれファンがいるんですよね。いわゆるボンキュッボンな体形が「正解」だ**

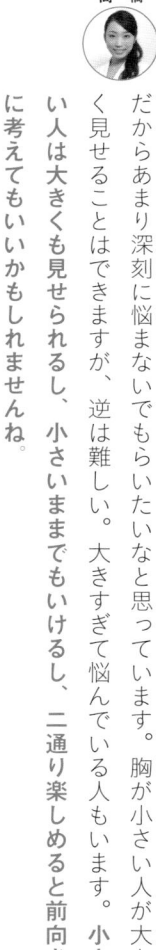

と思っていたけど、全然違う。乳輪の形とか色とかも、ホント人それぞれ違うんですよね。

上原

「貧乳カテゴリ」もあるからね。どっちもありだよね。

「色が濃いと経験豊富」は本当？

紗倉

亜衣ちゃんの乳輪がきれいなピンクで、いいな〜って、落ち込んだことあります(笑)。

髙橋

もともと色白の人は色素が薄いので、乳輪の色も薄いんです。でも、乳輪の色が気になるなら黒ずみを少なくすることはできますよ。性器の黒ずみも気になるなら美容外科で白くできます。

紗倉

ほんとですか!?

上原

あの……、「色が濃いと経験豊富」だと言う人がいますよね。

紗倉

私も昔、経験が少ないのに色が濃いから経験豊富だって言われたことがあります……。

髙橋

それは都市伝説のようなものですよ。**経験数と性器の色は関係ありません。もともと体の中で色素が濃いところは、体の中で大事な部位**なんです。**守らなければならないところは色素を濃くし、紫外線や刺激から守っているんです。セックスをしたことがない人でも色は濃くなります。**だいたい、男性だってキレイなピンク色をしている人、いるでしょうか……（笑）。

– ADVICE –

- 胸の大きさは18歳くらいまでで決まる。自力で大きくすることはできない
- バストアップサプリは効果がないからだまされないで！
- 体形に「正解」はない
- 「経験豊富だから色が濃い」は都市伝説。未経験でも色は濃くなる

Q.2

セックスをしても自分がイってるのかわかりません。これってヘンなことでしょうか？
——女性

紗倉

たしかにオーガズムの感覚ってわかりにくいですよね。亜衣ちゃんはイクときなにを考えてる？

上原

なにも考えてない。

紗倉

えー！「無」なんだ！ これがオーガズムだってわかったのはいつ？

上原

高校時代はわからなかったけど、その後、年上の彼氏とするようになってからかなー。相手は慣れていて上手だったし、何回も繰り返すうちにわかるようになったかも。

高橋

性的な反応には、興奮期・高原期・オーガズム期・消退期と4段階あります。興奮期は、キスしたり、いちゃいちゃして気持ちが高まってくる時期。このときが女性が濡れるときなんですよね。高原期は、だんだんと興奮が高まっていく時期で、オーガズム期は性的興奮の絶頂期。男性なら射精を終えたときですね。
オーガズムは医学的には、性器周辺の筋肉が0・8秒に1回のリズムで痙攣する現象のこと。**痙攣の大きさも人それぞれですが、オーガズムに達する時間も人それぞれ。**アダルトビデオのように短時間で絶頂に達することは少ないです。ゆっくり時間をかけて十分に濡らしてあげることが大事です。

紗倉

男性みたいに、射精というわかりやすいオーガズムのフェーズがないから、なかなか焦ってしまいますよね。

高橋

女性は感じるところがいろいろあります。〝クリイキ〟とはクリトリスを刺激することによって、〝中イキ〟はGスポットを刺激することによって得られるオーガズムのこと。子宮口付近のポルチオという性感帯を刺激することで達するオーガズムもあります。

男性器は大きいほうが女性は気持ちがいいもの？

紗倉
男性器の長さによって、いいところに当たる、当たらない、というのも関係してくるものですか？

上原
性器の大きさを気にする男性も多いよね。

紗倉
私はどちらも好きですけどね……。それぞれのよさがあるというか。

髙橋
十分に興奮すると膣が締まってきて男性器が当たるようになるので、それはあまり心配しなくていいと思います。

紗倉
そうなんだ。自分の中でなにが起こっているか、可視化できればいいのに……。

オーガズム
イクという感覚がわからない、イっていないと言う人は、イっていないと思います。オーガズムはわかるものです。**女性の場合、オーガズムは学習みたいなところがあって、繰り返すうちに感覚を覚えていくものです。**女性で最初からオーガズムに達せられる人は数パーセントしかいません。（髙橋）

Q. オーガズムを得たことは？
A. **未経験者は約23%**

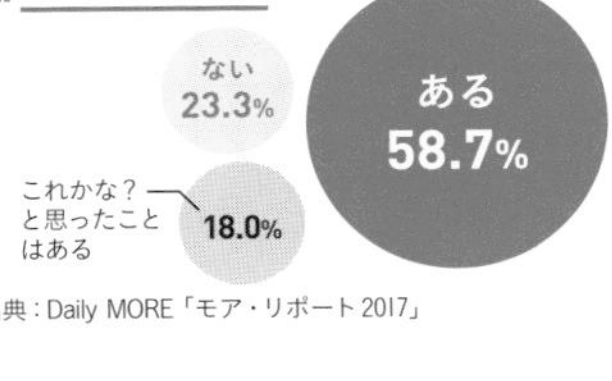

出典：Daily MORE「モア・リポート2017」

髙橋

どこでイクか、絶対にイカなきゃ……と、オーガズムにこだわらなくて大丈夫。イカなくちゃと思うとそれがプレッシャーになって、感じるものも感じなくなります。まだイったことがない人は、回数を重ねて自分の体を徐々に知っていけばいいんです。

上原

ちなみに男性器を大きくする手術ってあるんですか？

髙橋

病気で大きすぎるのを小さくする手術はありますが、病気でないものを小さくする手術はありません。小さいものを大きくする手術もないですね。

上原

大きさにかかわらず挿入だけがセックスではないし、前戯でたっぷり楽しむとか、バランスをとればいいんじゃないかなと思います。

女性のオーガズムの場所

どこでイったか、はっきりわかる人もいれば、よくわからない人もいます。実は、解剖学的に言うと、クリトリスで外に見えているのはほんの一部。本当はもっと長くて膣付近まで伸びています。小陰唇のあたりで感じるという人は、実はクリトリスかもしれません。（髙橋）

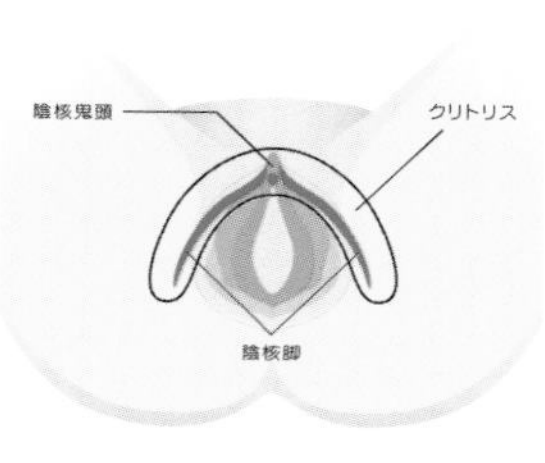

セックスで気持ちよくなる、ならないは人それぞれ

髙橋

「大きいほうがいいだろう」という神話はやめてほしいものです。男性の場合、グラビアを見るなどのように視覚的なものや、性器に触るなど物理的な感覚で興奮したりできます。一方**女性は、シチュエーションやリラックス具合、相手との関係性など、感情的な部分、いわゆる、「脳で感じる」部分も大きいです。**そういうことによって感じたり感じなかったりしますから。

紗倉

気持ちよさって精神的なものが大きいのかも。どれだけその場の空気とかシチュエーションに酔えるかどうかで気持ちよさも変わってくるような。

髙橋

先ほど、性的反応の4段階について話しましたが、女性は

Gスポット

膣口と子宮口の中間ぐらいのお腹側の膣壁にある。大きさは直径1センチくらいで見つけにくい。

ポルチオ

子宮の入り口にある膣から入って一番奥に触れる部分。非常に強い快感を得られると言われるが、それには学習が必要。そうでなければ痛いだけということも。

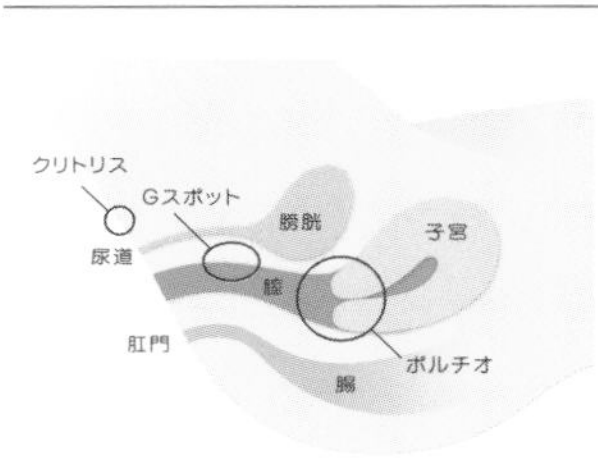

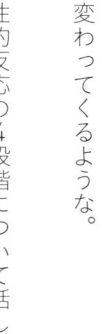

興奮期から高原期にかけて時間をかけて愛撫を行うことで濡れてきて、男性を受け入れられる状態になっていく。ここで十分に気分が高まって濡れていないと、気持ちよさにはつながりにくいでしょう。前戯ではただ触るだけでなく、その女性に合わせて気持ちの部分でもケアするのが大切ですね。

紗倉

たしかに、雰囲気が盛り上がっていないのにいきなり挿入されても気持ちよくないよね。亜衣ちゃんはどういうときに興奮するの？

上原

私はとくに決まっていなくて。撮影のときのことで言えば、攻められるストーリーならそのストーリーに入り込むことで感じるっていうのはあるかも。だから、私も脳で感じるんだなって思ってた。

紗倉
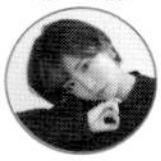

自分で自分を興奮させるスイッチがあるんだね。すごい！

性感帯がわからない人はマスターベーションで自分の体を知り、学習していくといいですよ。（髙橋）

上原

一人でするときも、妄想だけでできるよ。脳って大事。

高橋

想像力がある人のほうが気持ちよくなれるかもね。緊張状態では、女性は感じることができないんです。感じなきゃとか思うとプレッシャーになるので、頭を空っぽにして、リラックスすることが大事。男性も、即挿入！　ではなく、手で触れ合ったりキスしたり、時間をかけて女性の気持ちをほぐしてほしいですよね。

― ADVICE ―

- 女性のオーガズムは学習するもの
- マスターベーションで自分の気持ちのいいところを探してみる
- リラックスしないと女性は感じにくい。安心できるようないちゃいちゃする時間も大切

Q.3

EDなのですが、今後恋愛はできないのでしょうか？――男性

髙橋

EDとは、勃起障害のことで、性行為のときに十分な勃起が得られない、または維持できないために満足な性行為を行えない状態のことです。セルフチェックができる「IIEF（国際勃起機能スコア）」という質問票があるのでチェックしてみてはいかがでしょうか（次ページ）。でも、それだけで判断しないで、気になる人は泌尿器科の専門医などに聞いてみてください。

挿入や射精がすべてではないので、勃起しなくてもお互いが満足であれば、問題はありません。挿入・射精ができなければ妊娠できないのではという不安があるかもしれませんが、精液を採取して人工授精をすることで、妊娠して子どもを授かることはできます。

		点数	チェック
勃起してそれを維持する自信はどの程度ありましたか	非常に高い	5	
	高い	4	
	普通	3	
	低い	2	
	非常に低い	1	
性的刺激によって勃起した時、どれくらいの頻度で挿入可能な硬さになりましたか	毎日またはほぼ毎回	5	
	おおかた毎回	4	
	時々（半分くらい）	3	
	たまに	2	
	全くなしまたはほとんどなし	1	
性交の際、挿入後にどれくらいの頻度で勃起を維持できましたか	毎日またはほぼ毎回	5	
	おおかた毎回	4	
	時々（半分くらい）	3	
	たまに	2	
	全くなしまたはほとんどなし	1	
性交の際に、性交を終了するまで勃起を維持するのはどれくらい困難でしたか	困難ではない	5	
	やや困難	4	
	困難	3	
	かなり困難	2	
	ほとんど困難	1	
性交を試みた時、どれくらいの頻度で性交に満足できましたか	毎日またはほぼ毎回	5	
	おおかた毎回	4	
	時々（半分くらい）	3	
	たまに	2	
	全くなしまたはほとんどなし	1	

25点満点で21点以下の場合EDの疑いがある。
22点以上でも気になる症状があれば専門医に。

出典：日本性機能学会用語委員会

上原

お互いが満足なら射精の有無にこだわらなくていいですもんね。そもそもEDってどうしてなるんですか？

髙橋

ストレスや疲れ、または血管系、神経系の疾患、精巣機能の低下など、いろいろな要因があります。抗うつ剤や血圧を下げる薬などの副作用、タバコ、アルコールが原因になることも。

紗倉

知り合いで、バイアグラを服用している男性がいます。バイアグラって血管が拡張して血圧が下がるらしく、その男性は貧血でふらふらになりながら飲んでいるみたいで……。

髙橋

バイアグラなどの治療薬で8割以上は改善されると言われています。しかし、ネットで薬を買うのでなく医師の診断を受けて、正しい量を飲んだほうがいいですね。恥ずかしがらず、泌尿器科とかセックスカウンセリングを行っている医師に聞いてみてほしいですね。EDの治療に通っていてもなかなか治らないと思ったら糖尿病だった……など、**EDの背景には、さまざまな基礎疾患の可能性も潜んでいます。**まずは、原因をたしかめたほうがいいでしょう。原因となる基礎疾患を治療するこ

とでEDが治ることもあります。

紗倉　人間ドックに行かなくても、EDの診断で基礎疾患がわかるのならお得かもしれないですね。

あなたのマスターベーションの方法は間違っていない？

上原　マスターベーションなら勃起できるけど、セックスではできない人もいますよね。

髙橋　特定の状況で勃起できないのは心因性EDと言って精神的な負担などの場合があります。またマスターベーションではイケるのに、セックスで射精できないのは主に、間違ったマスターベーションを長く続けてきた可能性が高いです。

紗倉　間違ったマスターベーション？

髙橋　たとえば、床に性器をこすりつける「床オナ」は非常に刺激が強いです。この「床

オナ」ばかりしていたとか、マスターベーションのときに強く握りすぎるとかですね。**強い刺激にすっかり慣れてしまって、弱い刺激では射精できないという状態です**。女性の膣の中は固くはないので、刺激が弱くて射精に辿りつけないんです。

紗倉

それは治すことはできるんですか？

髙橋

マスターベーションのグッズで「模擬人工膣」……いわゆる「オナニーホール」というのがありますが、それを医療用に転用する治療法があります。模擬人工膣による刺激をハードからスタンダード、ソフトと段階的に弱めていき、弱い刺激でも射精できるように慣らしていく一種のリハビリテーションです。ただし、**長年の習慣を正していくので時間はかかります**。根気は必要です。

紗倉

そもそもEDとか膣内射精障害って治したほうがいいんですか？

髙橋

亜衣さんも言っていたように、挿入や射精がすべてじゃありません。パートナーとの楽しみ方はいろいろあります。夫婦で子どもを考えていたり、セックスにおいて本人が困っていたりしないなら、気にしなくていいのではないでしょうか。

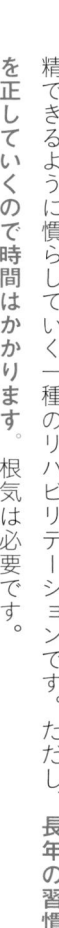

毎日マスターベーションをしてしまうのは病気？

上原

と、こんな質問も男性からきています。

髙橋

全然おかしいことではありません。やりたいなら一日何回でもやっていい。女性もOKです。ただし、清潔な状態でしてくださいね。

上原

ファンの方から「オナ禁してます」とか「オナ禁〇日目です」とか、していないことを自慢するようなコメントがたまにくるのですが……。

髙橋

なんの自慢にもなりませんが……たまりすぎると夢精とかで自然に出たりします。**学校に行けない、会社に行けないなど、日常生活に支障が出るほどやりすぎるなら依存症の疑いがありますが、そうでなければ全然問題ありません。**男性の場合、月7回以下と月21回以上の射精回数の男性では、その後の前立腺がんの発症リスクが後者で半分になるという研究結果もあります。

女性も同じです。最近、女性のマスターベーションのためのグッズがいろいろ出ていて、それはいいと思うのですが、男性同様、あまり強い刺激に慣れないほうがいいです。最初は一番弱いところから試すのが大事です。

紗倉

最近は女性のマスターベーションも以前に比べるとオープンになってきていますね。

髙橋

「女性はマスターベーションをしないもの」という思い込みはもうなくなってもよいと思います。性欲は本能。先ほどもお話ししましたが、**オーガズムがわからないという女性にとって、マスターベーションで自分の気持ちがいいところを探すことは効果的**です。

紗倉

だんだん「ここが気持ちいい」とか学習できますよね。セックスは相手がいるから緊張してリラックスできないけど、一人エッチならリラックスして自分の体と向き合えていいかもしれない。

髙橋

女性って、クリトリスとかGスポットとかポルチオとか、いろいろなところで感じられます。いろいろなところを触ってみて、回数を重ねるとわかってきます。

それと、女性の場合、性感帯って増えるんですよ。自分で触っても気持ちよくないけど、好きな人に触ってもらうと気持ちよくて性感帯になったり。

上原

私も前は好きじゃなかったけど、耳が感じるようになったかも！

髙橋

性感帯はクリトリスだけ、性器まわりだけだと思い込まないで、いろいろチャレンジしてほしいですね。

マスターベーションのメリットとは？

紗倉

セックスとかマスターベーションをずっとしている人のほうが若々しいと言われますけど、それって本当ですか？

髙橋

若々しさという観点での研究報告があるわけではありませんが、**脳からセロトニンという幸せホルモンが出てリラックスできたり、よく眠れたりというメリットはあります。**

上原

あと、女性はセックスをしている人のほうがきれいになると言いますが……。

高橋

セックスできれいになるという根拠はありません。きれいの定義も難しいですが、セックスをしたら女性らしさを生み出す女性ホルモンがよく分泌される……ということもありません。

ただ、ずっと使わない筋肉は衰えていくように、あまりセックスをしないと、膣が萎縮したり濡れづらくなったりすることはあります。適度なマスターベーションやセックスは、膣も活性化して濡れやすくなるのでいいと思いますよ。

– ADVICE –

- マスターベーションは毎日してもそのせいで病気にはならない。ただし清潔に
- 性欲は本能。マスターベーションで自分の体を知るのは決して悪いことではない
- 女性がセックスできれいになるという根拠はない

Q.4

彼氏からのエッチの誘いを断りたいとき、どうしたらいいですか？傷つけない断り方を教えてほしいです

——女性

紗倉

難しいですね。亜衣ちゃんなら上手に伝えそう。

上原

気分じゃないときは、私は断っちゃう。「今日は気分じゃないから別なことしよう」とか「映画でも見ようか」と違うことを提案して、一度気持ちをリセットしたり。あとはただ「嫌」ではなく、「こうしてほしい」と代案を出すようにしています。相手も嫌な気持ちにならないから。

髙橋

「嫌」とストレートに言うと相手は凹むから、別のことを提案するのはいいと思いますね。**嫌なのに無理に受け入れると、相手はそれでいいんだと思ってしまうので、ちゃんとコミュニケーションをするのは大事です。**

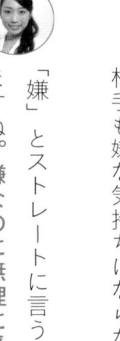

断ることによって「オレ、嫌われているのかな」と思われるのも辛いので、「あなたのことは好きだけど、いまはちょっと気分じゃない」とちゃんと伝えたほうがいいですね。

上原

男性からよく聞く悩みで「彼女が感じているのかわからない」「どうしてほしいのかわからない」というのがあるけど、まなちゃんはどう？

紗倉

たしかに女性から「こうしてほしい」とは言いづらいですよね。いいことなら言えるけど、相手を傷つけるかもと思うと言いよどんでしまうかも。

上原

でも、長く付き合う相手なら、本音を言い合う機会は必要ですよね。

髙橋

最近、「性的同意」といって、性行為を行う前にお互いの意思を確認し合うことの重要性が注目されています。**「なにも言わない＝YES」ではない**ということが知られてきたよい兆候だと感じています。

紗倉

そういえば、性的同意のためのアプリがあると聞きました。「ここは触ってもいい」

「こういうことをされるのは好きです、嫌です」など、チェックリストで意思表示できるものがありますね。興味があって使ってみたいと思っているんだけど。

高橋

女性も同じように、相手がなにを望んでいるかわからない、言い出せないという悩みは多いから、アプリで意思表示するというのはいいですよね。

受診する患者さんで「性交痛があるけど相手に言えない」と悩む人は多いです。性交痛は潤滑ジェルで解決できますが、本当は自分でちゃんと男性に言えるようになってほしいと思っています。**言いにくいかもしれないけど、それを言ってダメになるような関係なら、もともとダメな関係だったということではないでしょうか**。**セックスは信頼です**。男性も「いまの大丈夫？」とか、ちゃんと聞いてあげてほしい。

紗倉

それって、「ゴムをつけてほしい」と言えるか言えないか

性的同意
性行為の際にお互い積極的に性行為を望んでいるか、確認をとること。セックスだけでなく、手をつなぐ、身体に触れる、キスすることも含まれる。性的同意は、相手が望んでいないのに強引にこれらの行為を行って、相手を傷つけることを避けるための大切なコミュニケーション。

にも通じる話ですね。女性はつけてほしいのに、男性はつけないで入れてくる。それに対して女性がなにも言えない関係って、健全ではないと思う。

髙橋

それは大切にされていないということですよね。

彼女のことを大切に思うなら、男性は彼女の言うことを聞いてほしい。女性側も、「これを言ったら嫌われる」とか思わず、自分を大事にしてくれる男性とだけ付き合ってほしい。もっと自分に自信を持ってほしいですね。

女性の「やめて」という言葉は本気？

髙橋

基本的に、「やめて」は本当に「やめて」の意味と考えておきましょう。信頼関係があれば、そこのニュアンスはわかると思いますが、性欲で男性は頭の中が真っ白になっていると思うので、ＮＯはＮＯと覚えておくのがいいかと……。

上原

まなちゃんなら、膣を激しく触ってくる人にはなんて言いますか？　ガシガシやるのは出血することだってあります。

紗倉 私は笑いに持っていっちゃうほうなんです。「わ、持ち上がる〜」「天井ついちゃう！」と腰を浮かして大げさに言って、笑いで相手を傷つけないようにしつつ、かわしてしまいます（笑）。亜衣ちゃんは？

上原 私は相手の手を押さえて、「もうちょっとやさしくして〜」と言うかな。

紗倉 それはかわい〜〜！　アダルトビデオだと「嫌よ嫌よも好きのうち」みたいなシチュエーションはあるけど、あれはファンタジーだから見ている人はそれがすべてだと思ってほしくないな。もし女性が「やめて」と言ったら躊躇したり、本当に嫌かどうかたしかめてほしいですね。

上原 本当に嫌なときは自然に体が逃げたりするから、そういうときは察してやめてほしいですよね。

紗倉 嫌だった、という感想を伝えるタイミングも難しいですよね。セックスが終わってから言うのか、最中に言うのか。

髙橋

ひととおり終わってからだと痛い思いを長くすることになるし、あとから言うとより深刻になるから、そのときに言うのがいいのでは？

危険なのは、「オレ、女性のことよくわかってるから」とか「オレ、気持ちよくできるぜ。絶対、潮吹かしてやれるから」と、わかった気持ちになっている男性。こういう人ほど、女性の気持ちを全然わかっていなくて、女性を傷つけているかもしれません。

上原

「私はしたいけど、相手はいまその気分じゃないかもしれない」。そういうことをたしかめるのも性的同意ですよね。恥ずかしがらずに言い合える関係が大事ですね。

– ADVICE –

- 嫌なことは嫌と言っていい。代案を出すなどソフトに
- 女性の「やめて」は基本的に本気の「やめて」と心得て
- 「嫌よ嫌よも好きのうち」ではない、と心得る
- 痛いときは痛いと言える関係が理想

Q.5

ピルを飲んでいるのに生理痛が辛いです。なにかいい方法はないですか？――女性

髙橋

ピルは21日間飲み続けて1週間休薬期間のあるものが多く、その休薬期間に消退出血と言って、生理のような出血がきます。つまり女性ホルモンをコントロールして、1カ月に1回生理を起こすものが一般的ですが、連続服用して生理を起こさないものもあります。月に1回生理を起こさせるピルだと、生理痛が残る場合がありますが、連続服用のものなら、生理が起こらないわけですから生理痛もありません。

ピルは、避妊だけでなく、生理不順や生理痛の軽減のために処方するものなので、生理について不安があるなら、気軽に産婦人科医に相談してほしいですね。

それから、痛みがあるなら躊躇せずに痛み止めの薬を使いましょう。**「痛み止めはクセになる」などと言われたりしますが、根拠のない話。適切に使えば害はありま**

せん。

痛みは脳で感じるもの。あまり痛みを我慢しすぎると、痛みを感じる経路がおかしくなって、生理でないときも痛くなったり、いつもと違う場所が痛くなったりすることも。生理痛はしかたがないとあきらめず、薬で解決しましょう。

上原

ピルを長年飲んでいると体によくないと聞くんですが、それは本当ですか？

髙橋

都市伝説ですね。まれに副作用として血栓症が起こる人がいますが、**基本的に長く服用しても害はありません。むしろ長期的に服用している人のほうが、大腸がんや子宮体がん、卵巣がんなどのリスクが低下するとも言われています。**

ピルは、排卵を抑制することで避妊するしくみ。生理前の肌荒れや月経前症候群（PMS）は、排卵によってホルモンバランスが崩れるために起こるものなので、ピルで排卵

低用量ピル

ピルには卵胞ホルモンと黄体ホルモンが含まれており、これらが脳下垂体に作用して、卵胞の発育と排卵を抑制。ほかにも子宮内膜を受精卵が着床しにくい状態にするなどの効果で、精子を進入しにくくする。飲んではいけない人もいるので、服用には医師の診察が必要。コンドームが破けてしまったときなど、望まない妊娠を防ぐために「緊急避妊ピル」もある。性交後72時間以内に、緊急避妊ピルを1錠服用して妊娠を防ぐ。ただし100％ではないので注意。

を抑えればそれらの症状もなくなります。

上原

ピルを飲んでいると言うと、「遊んでる」と思う男性も少なくありません。生理痛やもっと症状の重いPMSの治療薬としても使われていることは、声を大にして言いたいです。

髙橋

「ピルを飲んでいる」と言うと「じゃあゴムしなくていいね」と言う人もいますが、**性感染症（STD）を防ぐためには必ずコンドームを使ってほしいです**。**ピルは病気の予防にはなりません**。また、ピルの避妊率は高いのですが、飲み忘れたり、飲んだけど体調が悪くて吸収されなかったりして、ごくまれに妊娠してしまうことがあります。それだけは注意してください。

ピルとミレーナどちらのほうがいい？

紗倉

生理用ナプキンにタンポン、そしてピルなど、さまざまな生理用品がありますが、自分に合うものを選びやすくなりました。私はミレーナを使っていますが、避妊に

はピルとミレーナとどっちがいいのでしょう。

髙橋

ミレーナは、T字型の小さな避妊リングですね。どちらもメリット・デメリットがあります。二つの特徴と違いを知って、自分に合ったものを選んで大丈夫です。ピルは飲み忘れると効かないので、飲み忘れが心配な人はミレーナがいいでしょう。

ミレーナは1回の装着で5年間の効果があります。避妊だけの目的では自費ですが、過多月経や生理痛の治療だと保険も適用されるのでコスパもいい。

上原

異物感はないの？

紗倉

最初はちょっと違和感があったけどいまは平気。月経痛や血量も減っててすごく楽。でも、人によっては痛くてたまらないという子もいるから、相性はあるかも。

ミレーナ（避妊リング）

合成黄体ホルモン（レボノルゲストレル）を子宮内に直接放出する子宮内避妊システム。

子宮内膜の増殖を抑える働きがある。それにより内膜は薄い状態となり、妊娠の成立を妨げたり、子宮の入り口の粘液を変化させて精子が膣の中から子宮内に進入するのを妨げたりすることで避妊効果を発揮する。

1回の装着で5年間有効性を保持する。

日本では2007年に避妊薬として承認された。

本来は、長期避妊目的で使用されていたが、過多月経や生理痛等に対して非常に有効な治療法としても注目されはじめ、2014年には過多月経の治療に対してミレーナが保険適用となった。

髙橋

望まない妊娠を防ぐためにも、ピルやミレーナの知識は必要。また、重い生理痛には、子宮内膜症や子宮筋腫、子宮腺筋症などの病気が潜んでいることもあるので、生理痛は我慢せず、早めに産婦人科の先生に聞いてほしいですね。

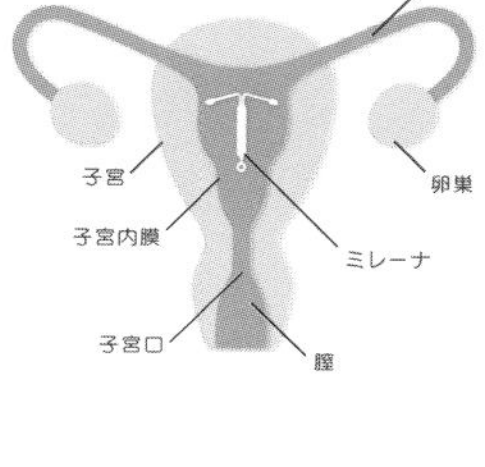

— ADVICE —

- **生理痛は我慢しない。痛み止めを飲んでも害はない**
- **さまざまな避妊具がある。自分に合うものを選んで**

	低用量ピル	ミレーナ
しくみ	経口避妊薬。エストロゲンとプロゲステロン（黄体ホルモン）を含む錠剤で、排卵を抑制することで避妊する	避妊用リング。子宮の中に装着すると、プロゲステロン（黄体ホルモン）を持続的に放出する
作用機序	全身に作用する	子宮にだけ作用する
対象年齢	月経開始年齢から50歳未満まで（リスクのある場合は慎重投与や禁忌）	特になし
副作用	血栓のリスクがあるが頻度は少ない。そのほか胸の張りや吐き気などのマイナートラブルがあることもある	最初は不正出血がみられる
特徴	・避妊効果が高い ・PMSにも効く ・過多月経、月経困難症にも効果的	・避妊効果が高い ・過多月経、月経困難症にも効果的

Q.6

あそこの締まりが悪いと彼氏に言われました。筋トレで解決できますか？――女性

髙橋

膣は赤ちゃんが通るところなので、基本的に伸びるものなんです。でも、お産の直後は伸びても元に戻る。気になるなら、骨盤底筋のトレーニング、いわゆる「膣トレ」が効果的です。将来の尿モレの予防になるし膣圧のコントロールもできるようになります。

上原

膣トレの動画もたくさんありますよね。

紗倉

以前、膣内に入れる膣トレグッズを買って、マネージャーと競ったことがあります(笑)。アプリと連動していて、数字で膣圧がわかるんです。

上原

どのくらい圧がかかっているのか、アプリで見える化できるのも面白そうだね。

高橋

いわゆる「締まり」が気になるなら、注射で膣にヒアルロン酸を注入したり、超音波で膣内をふっくらさせる方法もあります。セックスしたときの感覚が変わります。お風呂から上がったときに膣からお湯が漏れる人やお腹を押すとガスが出るような人はこれで改善したりします。手術による膣縮小術もあります。詳しくは形成外科や美容外科に相談してください。

いろいろ方法はありますが、それ以前に、「締まりが悪い」なんて、そんな失礼なことを言う人とは別れたほうがいいのではないかと思いますが……。

上原

私、アダルトビデオの出演作品数が多いので、「あいつはゆるゆるだ」とSNSに書かれることもしょっちゅう。それってどうなんですか？　頻繁にしている人はゆるくなるんでしょうか。

高橋

なりません。何年もしていない人は、伸びが悪くなったり、廃用性萎縮（安静状態が長く続くことで筋肉や関節などが萎縮する状態）が起こったりしますが、回数が多いからゆるむということはありません。

上原

逆にずっとやっていないと狭くなって、痛かったり？

髙橋

濡れづらくなって性交痛があったりはしますね。男性も久しぶりだと勃ちづらかったりします。**男性器も女性器も、臓器でもあるので、使わないと衰えます。**適度にセックスはしたほうがいいし、マスターベーションもしたいと思ったら我慢せずにしたほうがいい。

女性の性欲は30代から高まるの？

上原

女性って、30代くらいから女性ホルモンの分泌が活発になって性欲が高まるってよく言われますが、本当ですか？

髙橋

女性ホルモンは30代後半から減っていくので、医学的にはそのために性欲が高まるという根拠はありません。どちら

骨盤底筋

骨盤の底から子宮、膀胱、直腸など内臓を支えるインナーマッスル（筋肉）のこと。骨盤底筋がゆるむと、子宮や膀胱が下がってきたり尿モレなどの原因になる。これを鍛えるというのが「膣トレ」。

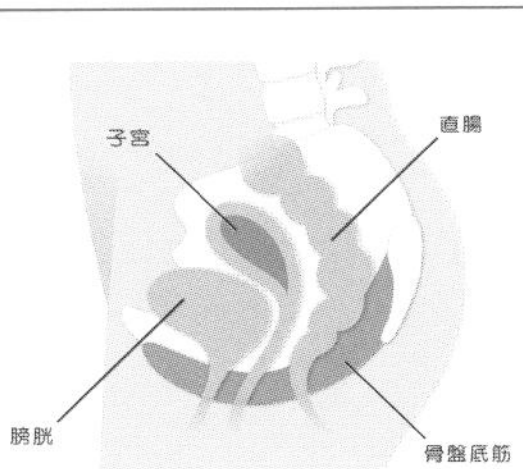

かというと、社会的なものではないでしょうか。

紗倉

10代のときは恥ずかしくて「エッチしよう」と言えなかったけど、歳を重ねていくと「こうされると気持ちいい」とか、自分の体のこともよくわかってくるし、言いやすくなったりするよね。

髙橋

「30代だから性欲があるだろう」に限らず、「女はこういうもの」という決めつけはやめましょうということです。性欲も感じ方も、人それぞれです。目の前の相手がどういう人なのかを知りましょう。もちろん女性も、「男性はこういうもの」という思い込みを持たないようにしたいですね。

生理中にセックスはしないほうがいい？

紗倉

ちなみに生理中はやっぱりセックスしないほうがいいんでしょうか。

髙橋

量が多いときはしないほうがいいです。血液が子宮に押し戻されて、子宮内膜症の

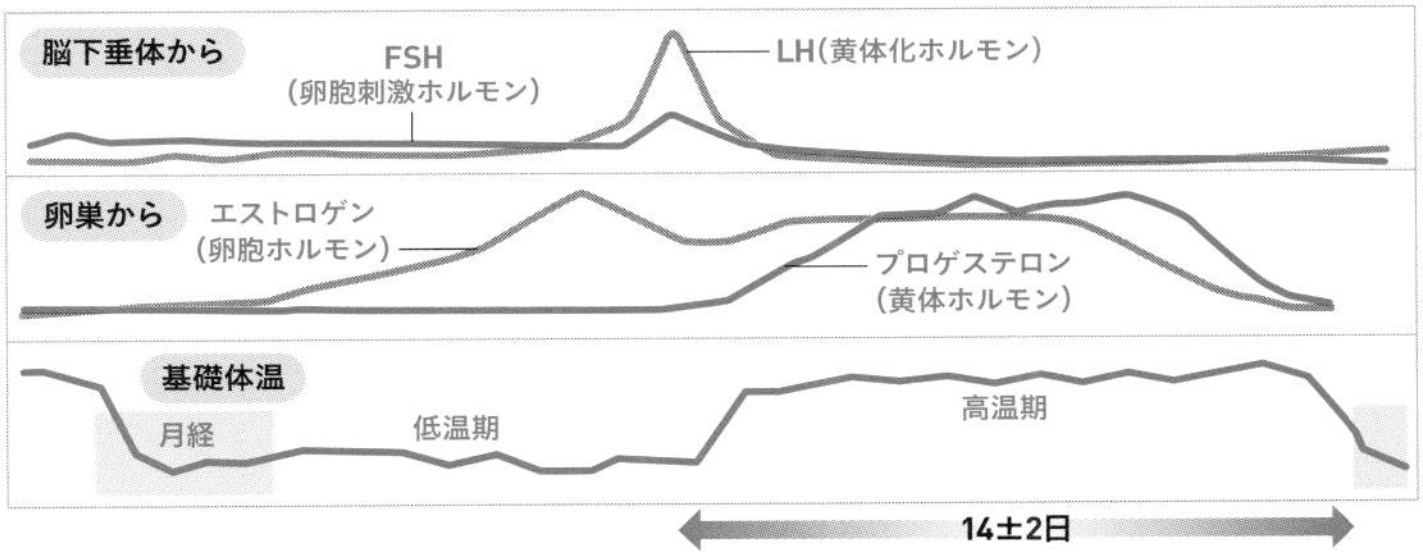

脳下垂体と卵巣からのホルモンの分泌には一定のリズムがあり、このひとまとまりを月経周期と呼ぶ。卵胞が育ち始めて、排卵するまでは約2〜3週間、排卵から月経開始までは約2週間。月経周期は月経の初日から次の月経開始の前日までの期間で、25日〜38日、その変動は6日以内とされ、これを正常周期と呼ぶ。

日本産婦人科医会ホームページ「月経について教えて下さい」を元に編集部作成
http://www.jaog.or.jp/qa/youth/（2020年12月参照）

リスクが高くなることがあります。

上原

「生理のときは避妊しなくて大丈夫なんでしょ」と言う人がいます……。

高橋

28日周期で生理がくる人の場合、排卵が起こるのは生理がはじまってから約2週間後。精子の生存期間は通常2〜3日。だから排卵期にかぶらず安心と思われがちですが、**私たちの体は規則的に動く機械ではありません**。体調や生活によって、生理や排卵のリズムも変わりやすく、早く排卵が起きてしまうこともあります。すると、大丈夫だと思っていたのに妊娠してしまうことはありえます。

また、血が出ていたら生理と思ってい

る人は多いですが、それ以外にも、排卵や妊娠初期に出血することもあります。だから、「出血している＝生理だから安全」というわけではありません。**そもそも「安全日」とか「危険日」というものはないと思っていたほうがいいです。**

女性は、望まない妊娠をしないためにも基礎体温を測って自分の体調管理をしてほしいですね。基礎体温をつけると生理日の予測ができます。生理による不調がどのタイミングでくるかもわかります。排卵の有無や妊娠しやすい時期、またホルモンに由来する病気の有無に気づくこともできます。生理日管理アプリもあるのでぜひ利用してみてほしいですね。性のことは恥ずかしいと思うかもしれませんが、自分の体のことを知っておくことは、自分の体を守るためにも大切です。気になることがあれば、気軽に産婦人科を訪ねてみてください。

— ADVICE —

- セックスのしすぎで膣がゆるくなることはない
- 「女はこういうもの」「男はこういうもの」という思い込みはやめる
- 生理中だから安全日ということはない

おわりに

　これまで、素直に生きるための方法を紹介してきましたが、これらがすべて絶対の正解というわけではありません。あくまでも「私はこうしてきた」ということ紹介しているにすぎません。人によっては当てはまらないこともあるはず。そんなときは「こんな考え方もあるんだな」と思って読んでみてください。

　そして、この本の中から、一つでも二つでも、「これ、いいかも」「やってみようかな」と思うことがあれば、ぜひ実践してみてほしいです。


　自分では、少しでも可能性のあることはなんでも試してみようとがむしゃらに進んできただけなのですが、あとから振り返ると、私という原石を輝かせるために、自分なりに一生懸命自己プロデュースをしてきたのだなと思います。

　その手法を使って、誰かを輝かせるお手伝いができたらと思い、現在は「Ai Project」という、夢を実現したい女の子をプロデュースする企画をスタートさせました。いまは、女の子たちがもっと輝けるようにサポートしたいという夢に向かって、これから新しいことにどんどん挑戦していきたいと思っています。

引退後は3年くらい、張りつめた糸がぷつんと切れたようになにもしないでぼんやり過ごしていました。ずっと仕事漬けの日々だったので、少し立ち止まって自分を見つめ直してみたかったのです。

だけど、じっとしていると「またなにかやりたい！」という気持ちがむくむくと湧いて、再び活動をはじめることにしました。とはいえ、なにからはじめたらいいかわからなかったので、まずは「あいちゃんねる」というYouTubeの番組をはじめてみました。すると、昔からのファンの方がたくさん見に来てくださって、「まだ覚えていてくれたんだ」と本当にありがたく思いました。

同時に、YouTubeで初めて私を知ったという新しいファンの方も集まってくれるようになりました。「あいちゃんねる」では、ほとんど素のままの私。思いつくままにやりたいことをやっています。そんな、〝素〟の私を気に入って、ファンになってくださる方々には感謝しかありません。本当に本当にありがとうございます！

この本を書きはじめた頃は、３年間の充電期間から復帰したばかりで、これからなにをしたらいいか手探り状態でした。本を書きながら、「私ってなにが得意なんだろう」「どんなことが好きなんだろう」とずっと考えていました。こんなに自分の内面に向き合ったことはなかったので、楽しく、新鮮な毎日でした。

自分の思っていることを言葉にするのは難しい。でも、自分の内面を出し切ったことで、自分でも気づかなかった新しい自分に出会えた気がします。

この本を読んで、あなたの悩みが軽くなったり、毎日が少しポジティブに変わったりしたら、私もすごくうれしいです。

本書を最後までお読みくださり、ありがとうございました。

２０２１年１月

上原亜衣

SPECIAL PHOTOGRAPHY

上原 亜衣 Ai Uehara

1992年11月12日生まれ。ダイエットやファッションなどの情報を発信するマルチタレント。かつてはセクシー女優として活躍、多くの賞レースを総なめにし、アダルト業界に数々の金字塔を打ち立てるレジェンド女優として名を馳せた。2016年5月にセクシー女優を引退してから3年の時を経た2019年6月に芸能活動を再開。食生活アドバイザー、ダイエット検定2級の資格を所持。

YouTube：「あいちゃんねる」
Twitter：@ai_uehara_ex、@SubUehara
Instagram：@ai_uehara_ex

すべてを手《て》に入《い》れる女《おんな》は飾《かざ》らない

2021年1月21日　初版発行

著者／上原《うえはら》 亜衣《あい》

発行者／青柳 昌行

発行／株式会社KADOKAWA
〒102-8177　東京都千代田区富士見2-13-3
電話　0570-002-301（ナビダイヤル）

印刷所／図書印刷株式会社

ISBN 978-4-04-604995-7　C0030

からだの美

小川洋子

文藝春秋

からだの美　目次

からだの美

外野手の肩

投げる、という動作には魔力がある。槍であれ砲丸であれボールであれ、人間の力がそこに凝縮され、空に解き放たれてゆく様子を目にする時、なぜか全身が吸い込まれるような思いで見入ってしまう。先祖たちが武器を投げて獲物を仕留めていた頃の、遺伝子に眠る記憶が、呼び覚まされるからだろうか。単にすかっとするだけでは済まされない、細胞のざわめきを感じる。

時折、野球の始球式で、まともにボールを投げられない人を見かける。キャッチャーまで届かないのはいいとしても、真下に叩きつけたり、見当違いの方向にぽろりと落としたり、挙句の果てには手からボールを放せない人までいる。なぜこんな単純な動作ができないのかと、不思議がりながらいざ自分でやってみれば、見た目ほどに簡単ではないと思い知らされる。たいていの場合体は、頭で理解できる範囲を超え、ずっと難しいことをこなしているのだ。

子どもの頃は、外野手を気の毒に思っていた。そこは野球の下手な子が追いやられる場所と決まっていたし、テレビで観戦するプロ野球でも、守備位置につく外野手たちは心なしか寂しそうだった。画面の一番遠い場所にぽつんと取り残され、ボールが飛んでくる機会はさほど多くなく、ピンチの時、内野手たちが集まって相談している場にも入れてもらえない。ホームランを打たれた時は、自分の責任でもないのに、ボールを見送る哀れな後ろ姿が大写しにされる。

しかし大人になるにつれ、重要でないポジションなど一つもない、という事実に気づくようになる。外野はいったんエラーをすると傷が大きい。ボールが飛んでこなくても、カバーのためにいろいろと走り回っている。そして何より、点を取られるかアウトを取るか、ぎりぎりの最後の砦に立っているのが、彼らなのである。

実際、球場の外野席で観戦すると、彼らの孤独がじかに伝わってきて味わい深い。ホームベースがいかに遠いか、実感できる。チームメイトの声より観客のやじの方がずっと近くに聞こえる。自分とはあまり関係ない、ずっと向こうの方で試合が進行している感じだ。その長い距離を、攻守交替のたび、彼らは何度でも黙々と往復する。連続試合フルイニング出場、一四九二試合の世界記録を持つ金本知憲《かねもともあき》が走った、外野とベンチの移動距離を想像するだけで尊敬の念がわいてくる。

正直、テレビでは、この人、やる気があるのだろうかと疑いを持つような選手でも、外野席で間近に観察すれば、彼らがただ単に寂しさに耐えているだけでも、ややこしいボールが飛んできませんようにと祈っているのでもないことが、よく分かる。間違いなく一個のボールが、九人を結んでいる。距離があるからこそ、外野手はいっそう鋭く神経を研ぎ澄ませている。あらゆる展開を想像し、一球ごとにそれを組み立て直す。芝生を踏む両足はどの方向へも移動できるようバランスが保たれ、視線は塁上の獲物を捕らえ、肩はいつでも作動できるよう、息を殺してその時を待っている。弓を引き絞って藪に潜む、狩人そのものだ。

外野の守備の面白さを教えてくれた選手の筆頭は、やはりイチローであろう。イチローの右手から放たれたボールは、確信に満ちた軌跡を描きつつ標的を射抜く。ピッチャーが投げる一六〇キロの剛速球とはまた別の種類の威力が、ボールに込められている。ピッチャーが立ち向かうのは打者が握るバットという武器だが、外野手が相手にするのはバットを捨てて野に出た走者だ。敵の行く手を遮り、脚をすくい、とどめを刺す。進塁できる、点が入る、と信じていた走者は、まるでルールに沿わない何かが起こったかのような表情を浮かべ、ユニフォームについた土を払いながら、すごすごとベンチに引っ込むしかない。

野球選手にはよく、強肩《きょうけん》という言葉が使われる。ボールを速く、遠くへ投げるのに必要なのは、腕ではなく、肩の力なのかもしれない。では、肩が発揮する力とは、どのように自覚したらいいものなのか、どうも上手くイメージできない。そもそも現代の日常生活において、肩は地味な存在だ。肩が強くて助かった、と思える機会には滅多に出会えない。躾では、ものは投げてはいけないことになっている。意識するのは肩こりや五十肩といった、消極的な場面に限られる。サバンナを疾走する獲物を射止めていた頃の肉体的な記憶は、あまりにもはるか彼方に遠ざかってしまった。

そこへ登場してきたのがイチローだ。この人について行けば、がっかりさせられることはない、と思える飛び抜けた存在である。だからこそ、イチローのところに打球が飛んだだけで観客は盛り上がる。守備を攻撃に転換してくれる彼の肩に、興奮する。

決してこれ見よがしに大きな体ではない。むしろ心もとないほどに細身に見える。ところがいったん捕球し、投げる段になれば、全身を貫くそのしなやかさこそが大切なのだと明らかになる。

ボールを握る右手を振り上げる寸前の、背番号51がはっきりと見える写真には、強肩の意味が見事に映し出されている。強肩とは、体から発せられるあらゆる力の、滑らかで精密な連携である、と証明しているようだ。指先一本でさえ、無関係でいられ

Photo by Tom Pidgeon/Getty Images

るものはいない。とにかくその瞬間、最大限のエネルギーをボールに伝達するため、細胞のすべてが協力し合い、つながり合っている。イチローの姿には、たった一個のボールに奉仕する、肉体の健気な働きが満ち満ちている。

大きな打球がライトに飛ぶ。ボールがフェンスに当たる。あらかじめ予測した通りの位置でクッションボールをつかみ、振り返り、すぐさま投球フォームに入るイチローの動きに、一瞬の無駄もない。ランナーは三塁を蹴り、ホームを狙う。イチローの視線は、キャッチャーのミットを捕らえている。両腕と肩が宙を突き刺す槍のように一直線になり、右腕が大きくしなり、ボールが解き放たれる。ホームを守ろうとする気迫を宿した一個のボールは、定められた法則に従うかのように、味方のミットへ吸い込まれてゆく。球場全体からどよめきがわき上がる。一人の外野手の肩を通し、人々は記憶に刻まれた太古の肉体の美と再会する。

ミュージカル俳優の声

人はなぜ歌うのか。

学問的にはっきりした答えは出ていないらしいが、この疑問自体が、美しい詩の一行のように心に深く響いてくる。

人間は歌う生きものだ。子どもを寝かしつける、蠟燭を立てたケーキで誕生日のお祝いをする、表彰台の真ん中に立つ勝者を称える。いろいろな場面に歌が登場する。楽しければハミングをし、音楽の時間には合唱をし、カラオケボックスに籠ってお金を払ってでも歌おうとする。なぜそうするのかよく分からないままに、気づけば声の音楽を口から発している。

赤ん坊を見ていると、泣き声が既に歌だと分かる。喉を開き、胸を膨らませ、自らの声を他者に届けようとする。抑揚もあればリズムもある。たとえ生理的な欲求であったとしても、自分の思いを伝えたいという気持ちがあふれ出ている。産声とともに生まれてくる人間は、やはり歌とは無縁でいられない運命を背負っているのかもしれない。

地上の歌うたいが人間であるならば、空中のそれは鳥だ。生物学的に言葉の起源を探るため、ジュウシマツの歌を研究している岡ノ谷《おかのや》一夫《かずお》先生のご本を読むと、彼らが歌にどれほど健気な努力を注いでいるかが分かって興味深い。ジュウシマツのオスはメスに選んでもらうため、より複雑な歌を、長く、綺麗な声で歌おうとする。父親から教えてもらった歌を記憶し、アレンジしながら練習に励む。他の小鳥たちのさえずりに邪魔されない、自分だけの孤独な世界を確保し、技術の上達に努め、いざという時、つまり求愛の時に備えるのだ。上手な歌であればあるほど、それを聴いたメスの血中性ホルモンは増加するらしい。

歌が愛のやり取りに重要な役目を果たす事実は、人間にも当てはまる。平安貴族は恋しい人に和歌を贈り、ロック少年は、もてたいためにシャウトする。ただ、言葉を持たない小鳥たちの歌には、いわゆる意味はない。ジュウシマツのメスが受け取るのは、「愛している」という言葉ではなく、声が生み出す魅力だけだ。それだけでお互い、十分に心のやり取りをしている。

たいていの場合、人は言葉で歌う。しかし、本当に歌に引き込まれている時、言葉の意味にはあまりとらわれていない。むしろ感動の渦中では、頭で意味を考えるレベルを超越し、言葉と音が境目なく一つに溶け合い、純粋な響きの波になっている。つまり、理屈から解放された、より自由な状態に浸っている。

こうやって考えてみれば、オペラやミュージカルが生まれたのも自然の流れだと思える。声、というものがいかに豊かな感情を運んでくるか、人は本能的に知っていたに違いない。人間が自分たちの都合で作った、不自由で不完全な言葉だけではなく、偉大な何ものかから授けられた声で世界を表現してみたい。そう願うのは当然だろう。

ミュージカル『レ・ミゼラブル』を観劇した際の衝撃は、今でも忘れられない。本当の意味で生身の人間の声に圧倒された、初めての体験だった。その時のジャン・バルジャン役は福井晶一《ふくいしょういち》。一旦声の魅力に取りつかれてしまったら、そこから逃れるのは難しい。目は自分の意志で閉じることができるが、耳は常に開かれている。知らないうちに声は耳をすり抜け、秘密の小部屋に眠る鼓膜を震わせ、胸を揺さぶってくる。まさに血中性ホルモンの濃度が上がったジュウシマツと、同じ状態である。

説明するまでもないが、ミュージカル『レ・ミゼラブル』はヴィクトル・ユゴーの小説を原作とし、十九世紀フランスを舞台に、罪悪、貧困、叶わぬ理想、すれ違う恋等々、さまざまな苦悩を背負った人々の姿が、全編歌によって描かれている。ある者は自らが信じる絶対的な正義に押しつぶされ、川に身を投げる。ある者は振り向いてもらえない人をひたすらに愛し、身代わりとなって銃弾に倒れる。幼い我が子に思いを残して病死する母もいれば、平等な社会を実現しようともがきながら報われない若

写真提供／東宝演劇部

者もいる。そしてジャン・バルジャンは、罪人としての過去を背負いつつ、血のつながらない娘、コゼットを慈しむことで、自分の命を神に捧げても誰かを守ろうとする、人間的な尊さに目覚めてゆく。

繰り返すようだが、このように繊細な内面の動きがすべて、歌で表現されているのだ。その歌を司っているのが声だ。動き、表情、照明、衣装、あらゆる表現を一つにつなげ、一人の人物を作り上げ、とうてい言葉では表しきれない何かを劇場に響かせる。もしかしたらそれは、魂と呼ぶべきものなのかもしれない。そこに、他のどんな芸術家にも真似できない造形美が生まれる。その場限り、一瞬で消えてゆく美だからこそ、いっそう愛おしい。

写真はプロローグ、仮釈放されて間もないジャン・バルジャンである。胸には囚人の焼印が見える。理不尽な社会の仕打ちに嫌気がさし、司教館の銀食器を盗んだ彼は、罪を追及するどころか、更に銀の燭台を差し出してくる司教の教えに触れ、過去の自分を捨て去る決意をする。この場面で、『独白』が歌われる。看守の殴打ではなく、神の静かな手によって自らの愚かさに気づかされた彼は、動揺する。後悔にさいなまれる。なぜ自分だけがこんな目に遭うのか、という怒りは消えないままに、なぜ神は自分を救ったのか、自問する。舞台にはジャン・バルジャン一人きりだ。彼の心の声が次々とあふれ出てくる。観客は神と罪人の対話を目撃することになる。一人の人間が、何の道具にも頼らず声だけを使ってこれほどの場面を生み出している事実に、ただひれ伏すしかない。

福井晶一の声には品がある。信頼し、すべてを委ねられる包容力がある。『独白』の最後、黄色い仮出獄許可証を破るところ、福井晶一の声に包まれていると、これから先、バルジャンの人生に訪れるだろう光を、信じることができる。コゼットと出会い、彼女のために、自分を死なせて下さいと神に祈る彼の魂の輝きが、既に芽生えているのを感じる。声の先に希望がある。

人はなぜ歌うのか。答えは知りたくない気がする。詩の一行を暗唱するように、疑問をそのまま抱えておいた方が、より深く声の神秘に浸っていられるからだ。

棋士の中指

以前、小説の取材で大阪のチェス喫茶にお邪魔した時、挨拶よりも前にとにかく店主から、「静かにお願いします」と言われたのが、今でも忘れられない。考えてみれば当たり前である。チェス喫茶というのはチェスをするためのお店なのだから、うるさくして迷惑をかけてはならない。そう、十分に承知しているつもりだった。ところが実際、店内に足を踏み入れてみると、そこに満ちる静けさは、こちらの予想を超える存在感を放っていた。圧倒的ではあるが威圧的ではなく、悠然として奥行きが深く、純度が高い。注意されなくても、ごく自然に口をつぐませる厳《おごそ》かさがあった。

規則正しく並ぶテーブルをはさんで、何組もの人々がチェスを指していた。黙々とただひたすらに盤上を見つめ、駒を動かしていた。正確に描写するならば、完璧な無音ではなく、持ち時間を計る時計のボタンを押す音、息遣いや小さな咳払い、駒が盤に触れる音など、何かしら鼓膜には届いていたのだが、それらは決して静寂の邪魔をしていなかった。むしろ逆に、その輪郭をより強固にしているようだった。

考えている人間。とてつもなく複雑で、誰もまだ正解にたどり着いていない問題を考え抜いている人間。チェス喫茶での取材は、そういう人だけが発する静けさの魅力に触れる体験となった。

チェスと将棋はインドで生まれたゲームを共通の祖先にしているらしい。ただ、チェスは盤の枡目が八×八なのに対し、将棋は九×九で十七枡多い。世界大会で活躍するほどチェスにも精通している羽生善治《はぶよしはる》九段は、詩人、吉増剛造《よしますごうぞう》との対談の中で、二つの盤の違いについて興味深い発言をしている。

「八×八というのは中央が、中心がないんです」(『盤上の海、詩の宇宙』河出書房新社)

つまり将棋盤は、中心を持っているのである。駒の種類や動き方やルールの違いから、二つのゲームの特性を考えるやり方は普通だが、中心を持っているかいないかに注目する人は多いのだろうか。素人の浅はかな考えでは、真ん中がはっきりしている方が落ち着く気がする。ただ、王を詰ませるのに、それがどんな意味を持つのか、想像もできない。いずれにしても、羽生善治九段が口にすると途端に、盤の中心が意味深い秘密を隠しているように思えてくる。やはり天才は、小さな盤上に、私たちが一生をかけても出会うことのできない風景を、見ているに違いない。

英文学者で翻訳家の柳瀬《やなせ》尚紀《なおき》は、タイトル戦の観戦記者の経験から、対局中の雰囲気について、

「あれほどの静けさは、ほかの世界では経験できません」

と語っている（『勝ち続ける力』羽生善治共著、新潮社）。

チェス喫茶でさえ相当の驚きを感じたのだから、一流棋士たちのタイトル戦となれば尚さらだろう。私はテレビに流れる中継の映像しか知らないのだが、佐藤《さとう》天彦《あまひこ》九段

が対局中、脇息に上半身を預け、頭を抱えているのを目にしたことがある。泣いているのかと心配になるほどの様子だった。もし自分がそばにいたら、思わず背中を撫で、「大丈夫ですか」と声をかけてしまうだろう。けれど対局室で棋士に救いの手を差しのべてくれる者はいない。身体を真っすぐに保っていられないほどの疲労、迷い、混沌に新たな光を当ててくれるのは、ただ一人、対戦相手だけだ。

相手が指すからこそ、こちらも指せる。対戦相手は敵であり、同時に理想の棋譜を描くための協力者、同じ盤上を旅する同伴者となる。これほど創造的なコミュニケーションが、全くの無言のうちに成り立っているのだ。

敗者が負けを認め、頭を下げる瞬間に、いつも目を留めてしまう。盤面を見ても、何がどうなるからどちらが負けなのか、理解できないにもかかわらず、その瞬間が美しいのはよく分かる。ガッツポーズも雄たけびもない。時に勝者の方が尚深く頭を下げ、むしろうな垂れているように見える場合さえある。そこに感じ取れるのは、相手を尊重する気持ちとともに、将棋そのものに対する畏怖の念である。

たった九×九の枡目の中になぜ、人間が最高の知力を持って挑んでもまだ解き明かせない謎が潜んでいるのか、不思議としか言いようがない。盤上は大海原や宇宙にたとえられる。人間が小手先の力でどうこうしようとしても、到底太刀打ちできるはずもない。棋士は、盤を挟んで向かい合う自分たちが、将棋の大きさの前でいかに小さい存在か、よく承知している。彼らは自分をアピールするために将棋を指しているのではなく、与えられた駒を使い、無限の宇宙にあらかじめ刻まれた物語を、読み解こうとしている。人間が全存在を賭けてたどり着ける、未知の一点を目指している。

棋士たちの持つこの謙虚さが、独特の静けさを生み出している。畏怖する存在の前で人はおのずと口をつぐみ、頭を垂れ、言葉の無意味さをかみしめる。静寂の中でしか見出せない真理があることを、彼らは示している。

羽生善治九段が谷川浩司《たにがわこうじ》九段（現永世名人）から王将を奪取し、七冠となったのは、一九九六年二月十四日だった。この時と同時代に生きられた幸運を、一体誰に感謝したらいいのか分からない。一手のミスも許されない終盤、ぎりぎりの道筋が見えた時、

写真提供／朝日新聞社

羽生の手が震えるのは有名な話である。勝ちが近づいてうれしい、などという単純な話ではもちろんないはずだ。最も強い棋士が将棋の大きさを最も深く理解しているのだとしたら、羽生が進もうとしているのは、誰の足跡も残っていない、果てしのない暗闇だろう。

そこに微かな、道というにはあまりにもはかない、一本の筋が浮かび上がる。瞬きしているうち、幻になってしまうのではと心細いが、手をのばせば指先に感触が残りそうな気配はある。ここまで描き出してきた盤上の模様が、予想もしない美を、今にも露にしようとしている。

棋士は常に先を読んでいる。羽生の右手中指の先にあるのは、9×9の盤上のどこかでありながら、同時に枠を超えた未来だ。盤の中心に渦巻く宇宙の摂理と、羽生の指が共鳴する。最強の者だけが味わう恐れが、その指を震わせる。

ゴリラの背中

誰も自分の背中を、直接見ることはできない。手を後ろにのばせば触れられるほどすぐそばにあるのに、なぜか背中はいつも遠い。

仕事で一緒になった誰かと、和やかで充実したひと時を過ごし、「では、さようなら」と言って別れた瞬間、その人の後ろ姿が思いがけず寂しげだったり、はかなげだったりして、はっとすることがある。人前では見せない心の内が、背中の表情になって現れ出ている。見てはいけないものを目の当たりにしたような、あるいは、いつまでもその後ろ姿を見つめていたいような、引き裂かれる思いに陥りながら、別れの切なさをかみしめている。

もちろんゴリラにも背中がある。現在、京都市動物園では四頭のゴリラが飼育されている。お母さんのゲンキ（36歳）、お父さんのモモタロウ（22歳）、お兄ちゃんのゲンタロウ（11歳）、弟のキンタロウ（4歳）。一回り以上歳の離れた姉さん女房だが、仲良くやっている様子だ。動物園のブログをのぞくと、こんな一文が目に留まった。

〝ゴリラの家族はいたって平和に暮らしています〟

ゴリラの専門家、山極寿一《やまぎわじゅいち》さんは著書『ゴリラは語る』（講談社）の中で、

〝ゴリラは、争いを起こしても、敗者を作らない平和主義者たちです〟

と書いておられる。もめ事が起こった時は、互いに自己主張をして不満を解消し、あとは仲裁に従って、勝者も敗者も作らない、というのだ。

チンパンジーやニホンザルに比べると、ゴリラは明らかにどっしりして見える。慌てたり焦ったりするところが想像しにくい。少々融通がきかず、黙々として用心深いその雰囲気には、どこかしら憂愁が漂っている。

いつだったかゴリラ舎の前で、赤ちゃん連れの若い女性が、

「わあ、カッコいい」

と声を上げてモモタロウに近寄ってゆくのを目撃した。思わず口をついて出た、という口調には、素直な憧れがこもっていた。もはや旦那さんは眼中になく、間を隔てるガラスもお構いなしに、モモタロウに向かって熱い視線を送っていた。ファンがジャニーズのアイドルを目の前にしたのと、全く変わりない反応だった。

「ねえ、こっち向いて」

女性は携帯を向け、モモタロウの写真を撮ろうとしていた。しかしモモタロウは、頑としてこちらを向かないのだ。微妙に顔が見えない角度で座ったまま、小枝か何かをくわえ、女性の視線とは交差しない方角を向いている。目の前にはただ、彼の背中があるばかりだ。

この話を山極さんにすると、すかさず、

「わざとです」

とおっしゃった。人間が何を望んでいるかちゃんと分かったうえで、わざと後ろを向いているのだ。お願いされればされるほど、そうやすやすと人間にサービスするわけにはいかない、自分はそんなご機嫌取りではない、という態度を取るらしい。

実に愛らしい照れと、やせ我慢ではないか。人間以外の生きものが、このように繊細な心の動きを見せるとは、驚くよりほかない。

そして彼の意思を最も如実に表しているのが、背中だ。広々として、圧倒的で、どこにも隙がない。筋肉がたくましく盛り上がり、頑強でありながら同時に、思わず身を寄せてみたくなる包容力を感じるのは、背中を覆う、光るほどに滑らかな白い毛のせいだろうか。それは大人のオスだけに見られる特徴で、シルバーバックと呼ばれている。

シルバーバックに心惹かれるのは、人間の女性だけではない。ゴリラの子どもにとってそこは、どこよりも安全な遊び場となる。

〝子どもにとって、シルバーバックの白銀に輝く背中は憧れの場所なのだ〟（『ゴリラ

写真提供／京都市動物園

は語る』)

子どもたちは夢中でよじ登り、転がり落ち、他の子と競争してまた登り、毛にしがみつき、全身をすり寄せる。その間中オスは、辛抱強く付き合う。鬱陶しがって追い払ったりしない。喧嘩が起これば仲裁し、危ないことになりそうな時はさり気なく手助けし、そうしている間もちゃんとあたりの様子に注意を払っている。

ああ、ゴリラも人間も、すべての子どもという存在がこうあるべきだな、と思う。信頼できる絶対的な誰かに身を委ね、何の心配もなく、思う存分楽しさを味わう権利が子どもにはある。そんな当たり前のことを、ゴリラによって気づかされる。

しかし山極さんによれば、どんなゴリラでも、生まれながらに理想的な父親の才能を持っているわけではないらしい。メスと子どもから求められ、認められて初めて、父親になれる。母親は子どもが一歳を過ぎると、シルバーバックのそばに置いてわざと距離を取り、父と子の関係が上手く築けるよう、取り計らう。母親は胸で抱っこし、父親は背中で遊ばせる。やはり子育ては、母と父、両方の対等な働きがあってこそなのだろう。

ゴリラの赤ちゃんにはお尻に、ベビーシグナルと呼ばれる白い毛が生えている。皆から愛される資格を持つか弱いものと、か弱いものを庇護する役目を負ったもの。二つの白が互いを求め合い、寄り添い合う。赤ちゃんはお尻にそんな印があるとは気づきもせず（たぶん）、シルバーバックは自分の背中がどれほどの意味を持っているか、考えたりしない。ただ父は黙ってそこに座り、子は父に守られて遊ぶ。そのことだけで、彼らの世界は充足している。果たして人間に、これに匹敵する完全な幸福があるだろうか、と自問してしまう。

やがてベビーシグナルは消え、子どもは大人になる。シルバーバックは老い、白銀の背中は輝きを失う。しかし誰も、そのことを嘆いたりしない。オスならばいつか自分がシルバーバックになるのだ、などとは予想もせず、子どもたちは皆、広大で安らかで居心地のいいこの背中は、永遠に自分のものだと信じている。

背中は別れの象徴だから、と言って、不確かな未来を思い、心を惑わせているのは人間だけだ。シルバーバックは永遠を信じられるほどの強さと優しさを放ちながら、未熟なものを守り続けている。

バレリーナの爪先

自作の小さな箱に、古道具屋で買い集めたり道端で拾ったりした品々を収め、独自の世界を表現した美術家、ジョゼフ・コーネルは、熱心なバレエファンだった。バレエに関連した作品も多く、なかでも、一八三〇～五〇年にかけて流行したロマンティック・バレエのスター、マリー・タリオーニをイメージして作られた『タリオーニの宝石箱』は、傑作とされている。

百年も昔の、つまりその踊りを見ることが決して叶わないバレリーナに、強いあこがれを抱くのは、いかにもコーネルらしいという気がする。抑圧的な母親に支配されながら、体の不自由な弟に寄り添い続け、生涯、恋人と呼べる人を持つことなく、自宅の地下室に籠って箱を作り続けた彼には、死者の国で踊るバレリーナがよく似合う。完璧な肉体の軌跡を、何ものも手だしできない安全な場所に匿《かくま》うため、宝石にして箱に飾る。劇場という箱の中で踊る彼女を、密閉された地下室へ誘い、自分だけの小箱に収める。こうしてバレリーナは、一人の稀有な美術家により、何重にも閉じ込められることになる。

元々バレリーナとは、閉じ込められた人なのだ、と思う。至高の美を表現するため、本来ならありえない体に、閉じ込められている人。踊ることに必要なもの以外、すべてを惜しげもなく切り捨ててゆくと、ある瞬間、凝縮が極まり、真空になり、反転が起こる。拘束を突き抜けた先に、重力から解き放たれた世界が現れ出る。そうでなければどうして、あんなにもやすやすと回転したり、ふわりと宙に舞い上がったりできるだろうか。

重力から自由になるための拘束を、最も分かりやすく象徴しているのが、トウシューズであろう。バレエの歴史上、初めて爪先で立って踊る現在の様式が確立したのは、コーネルの愛するタリオーニの活躍した、ロマンティック・バレエの時代であったらしい。

子どもの頃、テレビや絵本でバレリーナを目にするたび、トウシューズの中で爪先がどんなふうになっているのか想像しては、いつも恐ろしい気持ちになっていた。足の指は折れ曲がっているのだろうか、それともピンとのびたままなのか。いずれにしてもシューズの先端に柔らかい綿が詰めてあって、爪先はその中で守られているに違いない。絶対にそうであってほしい。でも、もし硬い四角ばった木片に、直接爪先を押し付けているとしたら、どうなる？　足首を縛られ、骨を無理やり継ぎ足されたような爪先で踊っているとしたら……。

想像はどこまでも広がっていった。私の胸の中で踊るバレリーナの爪先は、皮がむけ、爪が折れ、指の関節が外れて血まみれになっていた。これほどの苦行を強いられながら、彼女たちは苦痛を訴えることもせず、それどころか、痛みが凄まじければ凄まじいほど、優美さの高みに至れるのだと信じて踊り続けていた。

痛みと引き換えだからこそ、バレエは特別な踊りになる。バレエの舞台を観ている時、私の爪先は出血している。同時に、感動で胸が一杯になっている。痛みと美、両極端に引き裂かれる思いの中で、陶酔に浸っている。

評論家、三浦雅士《みうらまさし》さんは『考える身体』（NTT出版）の中で、

〝感動とは身体的なものだ〟

〝人はなぜダンスを見るのか。何よりもまず身体そのものが、他人の身体と同調したいからなのだ〟

と書いている。

そこに立っているだけで現実を超越し、妖精や白鳥になってしまえる体と、現実に埋もれた自らのみすぼらしい体が、劇場の中で同調しているのだとしたら、私の爪先が血まみれなのも当然だろう。バレエから得られるのは、不可能を体験した肉体で味わう感動だ。

Photo by Jack Vartoogian/Getty Images

私がウリヤーナ・ロパートキナの踊りを目にしたのは二回。二〇一二年、第十三回世界バレエフェスティバルでの『瀕死の白鳥』と、二〇一五年、マリインスキー・バレエの来日公演、『白鳥の湖』だった。バレエ初心者の私に、ロパートキナは忘れ難い印象を残した。姿を現した瞬間から、踊っている最中はもちろん、カーテンコールであいさつをして去ってゆく最後の最後までずっと、白鳥だったからだ。

もちろんダンサーは誰でも異界の存在を演じるのだが、ロパートキナには、境界線を深く踏み越えすぎたあまり、こちらの世界に戻ってこられないのではないか、という危うさが漂っていた。もうほとんど両腕など、背中から生えた羽にしか見えず、指先からは、一本一本の羽根がささやくようにこすれ合う音さえ、聞こえてきそうだった。いや、実際、私の耳にはその音が届いていたのかもしれない。

それにしても一体誰が、爪先で踊るなどという残酷なことを思いついたのか。大地を踏みしめるための形に進化した足の裏を使わず、力を受け止めるにはあまりにも頼りない爪先に、全体重をかけるのだから、その時点で既に理屈を無視していると言える。進化に逆らい、足をトウシューズという檻に閉じ込めてでもなお、人は、大地から遊離した存在を実現させたかったのだ。

腕が羽であるのと同じく、ロパートキナの脚ももはや、人のそれではなくなっている。確かにトウシューズは床に触れているが、白鳥は宙に舞い上がっている。その爪先こそが、彼女と宙を結んでいる。甲は極限まで湾曲し、踵と足首は一続きになり、爪先は誰の目にも触れないトウシューズの奥で、孤独に耐えている。誰によって命じられたのかも分からないまま、ひたすらに重力から解き放たれる一点を目指している。

大地から遊離するとは、岸辺を離れ、向こう側へ近づくことに等しい。それはたぶん、死後の世界なのだろうと誰もが分かっている。卓越した踊りを目の当たりにする時、死を経験したかのような錯覚に陥る。そのダンサーの肉体を通してしかたどり着けない場所へ、足を踏み入れたのだ、と実感する。死の気配を感じながらなぜ感動するのか、自分でも説明できず、ただ無言で心を震わせている。

やがて幕は下りる。コーネルの箱は閉じられ、バレリーナは死者の国で、爪先立ちのまま眠りにつく。

卓球選手の視線

川端康成の未完の小説『たんぽぽ』に、卓球の場面が出てくる。人体欠視症という奇病を患い、恋人と母親に付き添われて病院に入院した稲子が、その症状を最初に自覚したのは、学校で卓球の試合をしている時だった。〝打ちあいのさなか、突如球が見えなくなった〟のだ。他のものはすべて見えているのに、ただ球だけが、何の前触れもなく視界から消えた。それでも稲子は勘だけでラケットを振る。見えない球を打ち返す、その感触の不気味さに耐えきれず、台の前で立ちすくんだ彼女は、以来、発作的な視覚の欠落を抱えることになる。

川端のどんな写真を見ても、まず独特な目の表情に引き寄せられる。瞳は濃密な黒色に満ちている。川端に出会った人が、眼力の鋭さに射すくめられた、と口にするエピソードを何度か目にした。

同じく川端の作品、『掌の小説』（新潮社）に収められた『日向』の中に、つい相手の顔をじっと見つめてしまう癖のために、恋人を戸惑わせる〝私〟が、その理由として、長く盲目の祖父と二人きりで生活したために、自然と相手の視線を気にしなくなったからだ、と思い至る場面がある。それは川端自身に関しても、説得力を持っていると言えるだろう。自分の心の内を、視線によって察知される恐れにひるむことなく、ただひたすら対象を観察し続ける能力は、川端文学の魅力の一つである。

凝視する作家、川端康成が、視覚にまつわる架空の病を取り上げた小説で、症状の出現を描くのに、テニスでもバドミントンでもなく卓球を選んだのは興味深い。卓球は目で戦うスポーツ、視線の格闘技だ。競技経験のない私でも、試合のテレビ中継を見ているだけで、それが分かる。

卓球台の縦の長さは274センチ。トップ選手の試合であればあるほど、その長さは短く感じられる。ここ一番のラリーの時など、選手同士がほとんど体をぶつけ合っているかのような錯覚に陥る。もちろんテニスやバドミントンも、スピード感に圧倒されるスポーツだが、物理的な距離は埋めようがない。卓球の場合、文字通り相手は、目の前にいる。

リオ五輪のメダリスト、水谷隼《みずたにじゅん》選手は、自著『卓球王　水谷隼　終わりなき戦略』（卓球王国）の中で、卓球を究極の対人競技、と表現し、〝……相手の表情も指の動きもすべてが見える〟と書いている。緊張で震える指先や、顔をしかめる目と口の動きなど、細部にわたってあらゆる変化が伝わってくる、というのだ。つまりは、こちらも相手に心理を盗まれていることになる。

スポーツのスペースとしては、頼りないほどに卓球台は狭い。家族で食事をするのがやっとのように見える、こぢんまりとした台の上を、新幹線と同じレベルのスピードでボールが行き来する。その瞬間に、例えばラケットの角度やボールの回転や軌道だけでなく、心の動きまでが視線によってキャッチされ、試合が組み立てられてゆくのだから、全く想像を超えた世界だ。

試合を観戦している時、点が入り、次のサーブの構えに入るか、レシーブの体勢を整えるかの、わずかの間に選手が見せる仕草や表情に、なぜか惹きつけられる。彼らは考えている。何度もうなずいて迷いを振り払おうとしたり、息を殺して集中力を高めたりしつつ、勝つための道筋を懸命に考えている。その表情を見ていると、卓球について「100メートル走をしながらチェスをするようなもの」と言われる理由がよく分かる。理屈から言えば、0コンマ何秒の間に、何かを考え、体に伝える暇などあるはずもなく、反射神経で無心に打ち合っているように見えるのだが、最高の無心へ持っていくためには、精密な思考が求められているに違いない。だから一流の卓球選手の表情は、プロ棋士のそれとよく似ている。

石川《いしかわ》佳純《かすみ》選手のこの写真を見てほしい。人はこれほどまでに真剣に、一点を見つめることができるのか、と心打たれる。たぶんサーブを打つ瞬間だと思われる。この時、

写真提供／朝日新聞社

次の手ははっきり決まっているのか。決まったうえで、相手の出方により、いくつもの選択肢の中からベストな一手が打たれるのか。あるいは一点に集中しているようでありながら、実は視界の片隅に相手の姿が映っているのかもしれない。鋭い視線はネットの向こう側で起こるささいな動きも見逃さない。耳は鼓動を聴き取り、肌は体温を感じている。同時に、自分の心の内は悟られないよう、黒い瞳はただ静けさだけをたたえている。まるで相手の目に自分は映っていないのだ、とでも言わんばかりに振る舞う。

石川選手の視線にとらえられたら、ボールでさえ神々しく光って見える。考えてみればこの激しいスポーツで使われるにしては、卓球のボールはあまりにか弱すぎないだろうか。掌の窪みにおさまるくらい小さく、手ごたえと言えるほどの重みもない。その気になれば簡単に握り潰してしまえるような気さえする。視線の過酷な肉弾戦を、たった一個のボールが受け止めているのかと思うと、なんだか心細い気持ちになってくる。卓球の試合が、いかにぎりぎりの緊張によって成り立っているか、ほんの小さな気のゆるみで、いかに呆気なく勝利が遠ざかってしまうか、痛感させられる。

しかし、か弱い姿にだまされてはいけない。ボールは選手たちが操るラケットの動きに従い、自在に回転し、あらゆる軌道を描くことができる。選手の全身から発せられるエネルギーを、小さな球体で丸ごと受けとめ、視線がぶつかり合う火花の中を突き進んでゆく。

一流選手は、目で追いかけるのさえ難しいはずの、ボールの回転も見極める。彼らの視線が特別なのは、本当は見えないはずのものを、見ているからなのだ。

サーブを打つ前、たいていの選手たちはボールを台の上で数回弾ませる。その時の音が、私は好きだ。なぜかしら、心を落ち着かせる音に聞こえる。「大丈夫です。私はあなたの味方ですよ」と、ボールが選手にささやきかけているような気がする。その声が聞きたくて、選手たちはあの仕草をするのかもしれない。そしてボールをそっと握り、宙に振り上げる。見上げる視線は、一瞬と一瞬の間に潜む真理を射抜いている。

フィギュアスケーターの首

一筆書きは、上手くいけば気持ちがいいが、失敗すると実に後味の悪いものである。途中で立ち往生し、つい鉛筆の先が紙から離れてしまったりすると、不吉な呪いをかけられた気分になり、グルグル書きつぶしてなかったことにしないではいられない。

フィギュアスケートを観戦する時、いつも一筆書きを思い出す。緊張の中、リンクに立ち、音楽が鳴りはじめるのを待つ選手たちは、魔物の呪いに取りつかれないよう、懸命に耐えている。一度踏み出せば、もう後戻りはできない。ほんの数ミリのエッジで全体重を支え、途切れさせてはならない一続きの図形を、氷上に描き出すのだ。しかも二次元を越え、三次元で。

だからこそ失敗した時の代償は大きい。フィギュアスケートほど華々しい失敗を、観客の前でさらさなければならないスポーツは珍しい。成功と失敗の間の隔たりが大きすぎる。何しろ、尻餅をつくのである。どうやっても誤魔化すのは難しい。

それでも選手たちは言い訳もせず、やけも起こさず、平気な振りをして立ち上がる。お尻に氷の欠片をくっつけたまま、転んでロスした時間などなかったかのような自然さで音楽をとらえ、再び滑り出す。一筆書きが台無しになる恐怖をはねのけ、何度でも跳び上がり、回転する。

もちろん完璧な演技には感動させられる。しかしフィギュアスケートの場合、むしろその不完全さに惹きつけられることがある。そもそもつるつるした氷の上を、細いブレードで滑るのだから、転ばない方がおかしいのであり、危うい可能性に挑んで失敗を受け止める健気さと、成功の見事さは、決して対立するものではない。

シニアにデビューして間がない高橋《たかはし》大輔《だいすけ》を初めて知った時、まず驚いたのは誰もが認める踊りの魅力である。それまで、ステップは何となくグニャグニャ滑っているな、というだけの目立たない印象しか残さなかったのに、彼の登場により、一気に心奪われる要素となった。そうか、フィギュアスケートは踊りなんだ、と初めて気づかせてくれたのが彼だった。と同時に、音楽が鳴り止んだあと、自分のスケートが観客にどれほどの感動を与えているか気づかず、拍手が本当に自分に向けられているのかどうか、自信が持てないでいる様子を見せるのが印象的だった。高橋大輔は演技が終わった時しばしば、泣き顔と切なさと戸惑いと安堵と、とにかくあらゆる感情が入り混じった、結局どんな表情とも言えない笑みを浮かべる。

彼を輝かせるのは数字で表される得点ではない。音楽そのものだ。柔らかく宙を舞うようなジャンプも、多彩なスピンも、そしてもちろんステップも、音楽の中から生まれ出てくる。彼の動きの内側から音楽が響いてくる、と言い換えてもいい。体のあらゆる部分に表情がある。ほんのわずか、体のどこかを動かしただけで、音が奏でられる。

体が動く、とはつまり関節が動くことに他ならない。指先、膝、腰、肩……数々ある関節のうち、彼が最も魅惑的な動きを見せるのは首であると、常々私は思っている。首は案外盲点ではないだろうか。首をぐらぐらさせると普通は単にだらしないだけだが、彼の場合、鎖骨が襟元にセクシーな輪郭を浮き上がらせ、なびく髪先から情熱がほとばしることになる。つまりは、観る者をうっとりさせるのだ。

演技の最中、彼がフェンス際に近寄ると、魂を奪われたように目を潤ませる観客の姿が、幾人もテレビの画面に映る。観客どころか、ＩＤカードをぶら下げた係員までが、職務を忘れて演技に見とれている。首が一振りされるたび、バタバタと人々の心がなぎ倒されてゆく。

今、目の前にいる人は、自分のためだけに踊ってくれている。他の誰でもない、私一人に向けて心を捧げてくれている。そう錯覚させる魔法が、高橋大輔のスケートにはある。彼の演技はもはや、競争やスポーツではない、別次元の何かになっている。

とあるインタビューで彼が、特定の誰かを演じるのではなく、音楽を表現したい、自分からテーマは投げ掛けたくない、それは受け取る側のもの、と発言しているのを耳にしたことがある。プログラムが『ロミオとジュリエット』だった時でさえ、演技している彼はロミオでもジュリエットでもなかった。どちらでもなくどちらでもあり得る、音楽の精だった。

いろいろと意見は分かれるだろうが、私が最も彼らしいと思うプログラムはやはり、バンクーバー五輪で銅メダルを獲得した時のフリー、『道』である。フェデリコ・フェリーニ監督の映画から採られた音楽は、どんなに軽やかでも、おどけてみせても、その根底に圧倒的な哀しさをたたえている。底抜けの喜びなどこの世には存在しない、人はただ生きているだけで哀しいのだ、という真理がひたひたと打ち寄せてくる。

粗野な旅回りの芸人、ザンパノの元へ売り飛ばされたジェルソミーナは、いつも大きな瞳を見開き、自分を取り囲む世界をじっと見つめている。ザンパノに帽子を被せられ、太鼓を手渡された時、笑っていいのか泣いていいのかよく分からないままに、おどおどと撥《ばち》を動かす。誰の手にも触れられたことのない、心の底に潜む泉が波立つ

Photo by Bungeishunju

ように、太鼓は彼女の瞳を震わせる。

ザンパノはジェルソミーナを虐げているようでありながら、どこかで恐れてもいる。彼女の純粋さがいつか自分の邪悪さをあぶり出し、取り返しのつかない事態になるのを予感している。その予感が的中した時、彼に残された償いの方法は、ただ波に向かって泣き崩れることだけだった。

以上、長々と映画について書いてみたが、こうしたすべてがバンクーバー五輪のフリー演技に表れている。あの演技を観れば、言葉で説明するよりもずっと切実な哀しみが伝わってくる。ラストのスピン。首をのけぞらせ、天を仰ぐ高橋大輔の、乱れる髪からはザンパノの絶望があふれ出し、半ば閉じられたまぶたの向こうには、ジェルソミーナの無垢な魂が映っている。幸せになれなかった二人を、それでも見捨てずに抱き留めようとして差し出された彼の両腕は、最上の音楽を奏でている。

ハダカデバネズミの皮膚

夜、眠れない時はよく、一生出会うことはないだろう動物たちについて考える。この場合、動物園は除外する。動物園で対面するのはちょっと安易な気がする。将来、どこか思いも寄らない遠い場所へ行くことになったとしても、偶然目の前に現れたりしない、自分の人生とは決して交差しない、動物たちのことだ。

例えば、セスジキノボリカンガルー、ニホンカワウソ、ジェントルキツネザル、ドードー、バナナフィッシュ、ハダカデバネズミ……。木のてっぺんで姿勢を正しているカンガルーに、紳士のサルが敬意を払っていたり、愛想がよすぎるゆえに、すべての仲間を失ってしまったカワウソと飛べない鳥が慰め合ったり、太りすぎたバナナフィッシュが打ちひしがれたりしている様子を想像しているうち、どこからともなく眠りが訪れる。

そしてハダカデバネズミだ。自分と彼らが同じ世界にいる、と考えるだけでなぜか心が落ち着く。彼らと共存できるというのはつまり、あるべき正しい世界に自分が生まれた証拠ではないか、とさえ思う。

日本で最初にハダカデバネズミの飼育研究を行った岡ノ谷一夫先生は、『ハダカデバネズミ　女王・兵隊・ふとん係』(吉田重人共著、岩波書店)の中で、この動物の第一印象について見事な表現をしている。

〝しわしわの焼き芋のような外見〟

おっしゃる通り、と思わず合いの手を入れたくなる。

裸で、出っ歯なネズミ。遠慮なく見たままを名前にされた彼らだが、特に毛のない皮膚の印象は強烈だ。皮膚病に罹り、毛が抜け落ちてしまったのかと、心配になって

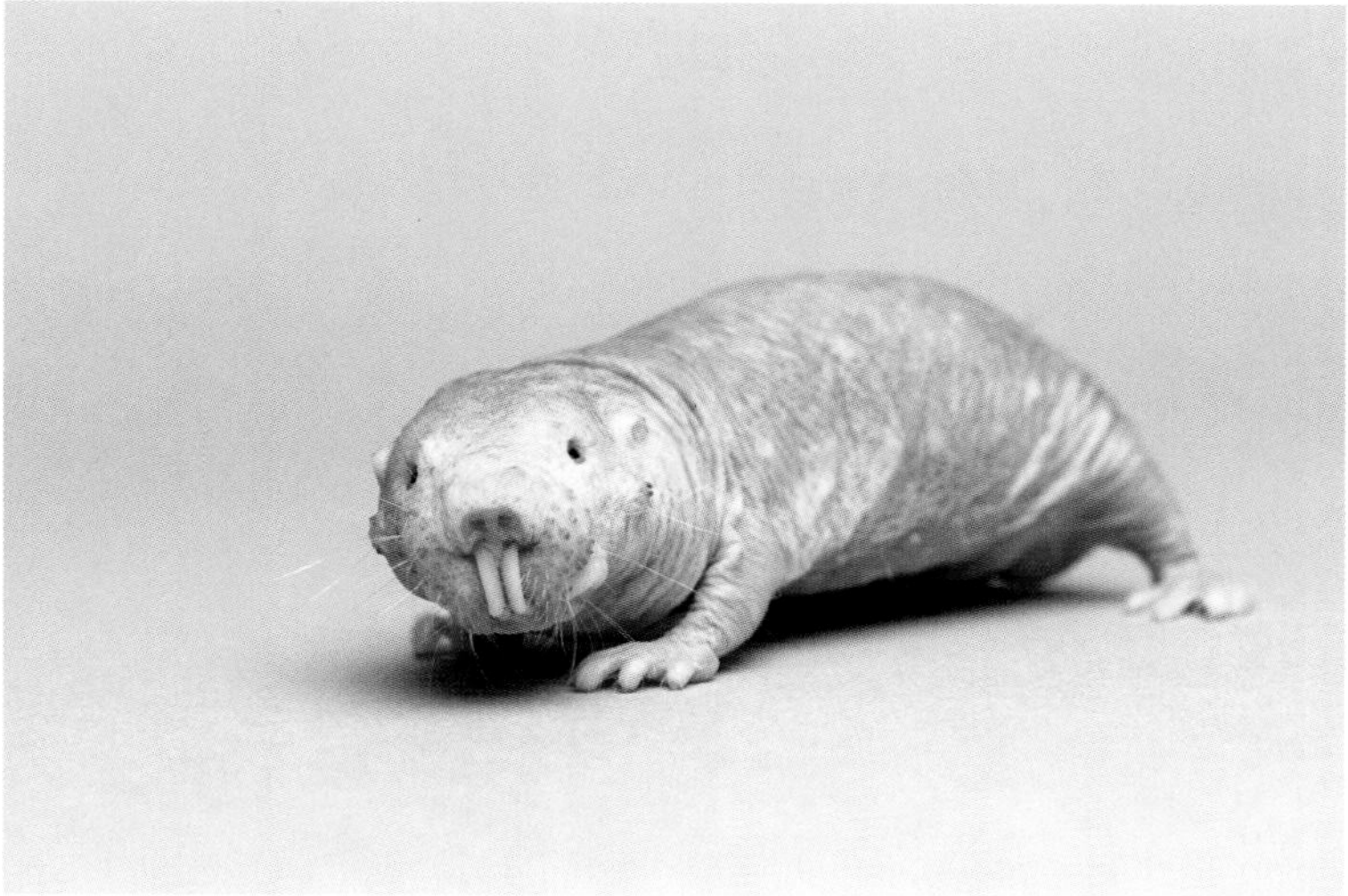

Photo by Joel Sartore/Getty Images

くる。更に追い打ちをかけるのが、体のあちこちに寄った皺である。生々しい肌色はところどころ鶏肉の脂身を思わせる黄色味を帯び、それでいてぷっくり脂肪を蓄えている様子はなく、貧相にたるんでいる。光の加減によっては、薄い皮膚から黒っぽい内臓が透けて見えている。愛嬌があるとも言えるし、哀れでもある。動物ならたいてい皆が持っている、長い進化の過程で確立させた完成形としての安心感が、圧倒的に欠落しているのだ。

前述の本によれば、彼らが生息する地域は東アフリカのケニア、エチオピア、ソマリアあたりの乾燥地域。地下に長大なトンネルを掘って生活しており、一つの集団には秩序立った役割分担が確立されている。子どもを産むたった一匹の女王。女王と交尾を許された一〜三匹の王。他の群れや捕食者のヘビが侵入してきた時戦う（真っ先に食べられる）兵隊デバ。巣穴の整備や食料集め、子育ての手伝い（赤ちゃんを保温するための肉ぶとん係は有名）などを担う働きデバ。このような階級に分類され、各々が自らに与えられた役目を果たすことで集団を守っている。一匹の女王しか子どもを産まないため、血はどんどん濃くなって、仲間全員が自分の分身に近い存在となり、助け合いと犠牲の精神が生まれるらしい。

新しい世代に奉仕するため、押し潰されるのも厭わず折り重なって布団となり、巣穴にヘビが侵入してきたら、真っ先に駆け付けて仲間の身代わりとなる。まるでラグビーワールドカップ日本代表の合言葉、ワンチームを体現しているかのようではないか。しかも彼らにとってそれは美談でも流行語でもない。ただ生き残るための道を貫いてきた結果なのだ。

よって毛が無いことにもきちんと訳がある。気温の安定した地下の生活では、寄生虫の温床となる毛は必要なかった。また暗くて狭い地下のトンネルを行き来する際、何かに引っ掛かっても皮膚が破れないよう、たっぷりとしたたるみが役に立つ。

彼らはきっと、何の未練もなく、きっぱりと毛を捨てたに違いないと、私は勝手に想像している。

「こんなもの、いらない」

そう言って、ビリビリ自らの毛皮をはぎ取り、皺だらけのブツブツした皮膚を堂々とさらしながら、地下のトンネルを突き進んでいったのだ。

多くの動物たちが、甲羅や殻や鱗や針や羽で身を守ろうとする中、全く逆の発想から、身を覆うものをすべて脱ぎ捨てるとは、何という大胆な潔さだろう。

そのようにして彼らが手に入れた体を、美しいと表現しても、何の不都合もない。むしろ人間の美意識を超えた、独自の魅力がそこに生まれている。あるのかないのかはっきりしないほどの小さな目。皺の間に紛れ込んだ耳。何かの間違いで飛び出してしまったかと思う前歯。短すぎる脚。何の飾りも模様もない、子どもがいたずら書きしたような単純すぎる形。たとえ人間に、ハダカデバネズミ、などという失礼な名前をつけられようと、一切気にしない。人間が考える美の基準など当てにならないものだ、と彼らは承知している。まるで胎児かと見紛う、安易に手出しできない崇高ささえたたえたこの生命の塊は、美と名付けるのに相応しい。

もう一つ、愛すべき特色は、彼らが十七種類もの鳴き声を使い分けている点である。

岡ノ谷先生によれば、そのレパートリーは哺乳類全体から見てもかなり多く、小鳥に似た声で、仲間同士挨拶をしたり、何かに驚いたり、女王が威嚇したりする際、多彩な声を発しているらしい。

アフリカの乾いた地中、誰の目にも触れない暗がりで、小さな生きものが秘密の言葉を交わしながら、巣を作り、食べ物を探し、子どもを産み、育てている。誰に褒めてもらうわけでもなく、ただ与えられた役目をやり遂げることだけに専念している。

ハダカデバネズミが、小説の中で自分が作り出した動物だったらよかったのに、と考えることがある。例えばサリンジャーが、バナナフィッシュを描いたように。

きっとこの世界のどこかにいるのだろう、と思うけれど、もしかしたら自分が勝手に思い描いた空想かもしれず、それでも何となくあきらめきれずに、会えないとは分かっていながら庭の土をスコップで掘ってみたりする。そうして孤独を癒そうとする。読者をそんな気持ちにさせる小説を書くためには、どうしてもハダカデバネズミのような生きものが必要だ。

力士のふくらはぎ

「なんで」

物言いがつき、長い協議がようやく終わったと思ったら、なぜか行司差し違えで北の富士の勝ちとなった時、九歳の私は思わず叫んでいた。

「絶対におかしい。誰が見たって貴ノ花の勝ちじゃ」

「そうじゃなあ」

テレビに向かって怒りをぶつける私と弟の横で父は、

「中日で横綱が四敗もするわけにはいかんのじゃろう」

とつぶやきながら、ビールを飲んでいた。妙にあきらめのいい様子が余計に腹立たしく、文句も言えずに土俵を下りる貴ノ花がかわいそうで、ほとんど泣きそうな気分だった。

昭和四十七年、初場所、八日め。横綱北の富士対関脇貴ノ花の結びの一番を、私は今でもはっきりとよみがえらせることができる。十秒足らずのあっという間の一番だった。しかしその一瞬一瞬に、貴ノ花という力士の魅力がすべて詰まっていた。それは九歳の子どもにも十分伝わってきた。勝った北の富士よりも、負けた貴ノ花の方が明らかに主役だった。もちろん私は今でもあの一番に関して、貴ノ花が勝っていたと信じているけれども。

立ち合い後すぐ、北の富士は右の上手を取って寄りながら左脚で外掛け。貴ノ花は左脚一本でこらえつつ、絡みつく相手の脚を跳ね上げるようにして振りほどき、すぐさま上手投げで反撃に転じる。それを土俵際でこらえた北の富士は再び、今度は右脚で外掛けを仕掛ける。しかし貴ノ花は倒れない。のしかかってくる相手を上半身で支え、ほとんど右脚の膝から下だけの力で体勢を保って腰をひねる。こらえきれずに北の富士が右手を土俵に突く。この時点で貴ノ花の体は足の裏以外、どこも土俵に触れていない。にもかかわらず、勝ったのは北の富士だった。

この時初めて、かばい手、死に体、という言葉が相撲の世界にあるのを知った。けれどいくら父に説明されても混乱は深まるばかりで、とても納得はできなかった。いったい誰をかばうための手なのか。自分自身をかばうのなら、つまりそれは不利な体勢での負けを意味し、もし相手をかばっているのなら、見当違いと言わざるを得ない。なぜなら貴ノ花の体は、かばってもらわなければならないような状態にはないからだ。

死に体、とは全く失礼な表現ではないか。この体勢のどこが死んでいると言えるのだろう。体のどんな小さな部分も決して死んでなどいない。全身の隅々にまでエネルギーが満ちあふれ、背骨は力強いアーチを描き、腰はがっちりと相手をコントロールしている。

むしろ上からのしかかった、有利なはずの北の富士の方が不安そうに見える。浮い

写真提供／共同通信社

た左脚も腰回りも表情も、どこかまとまりを欠いている。それを象徴しているのが土俵に向かってのびた右腕だ。自分の思い通りになるのはもはや右腕一本しかない。そんな追い詰められた感じが漂っている。

一方貴ノ花は、理屈で考えれば、バランスを崩して当然の状況でありながら、なぜか計算を超越したバランスを保っている。人の体がこのような造形を生み出せるとは、とても信じられない。もし彫刻家が、勝負のついた瞬間を作品に残したとしたら、おそらく想像の産物とみなされるだろう。

こうした絶妙な状況を成立させている、最も重要なポイントが右脚、特に土俵に食い込む足の裏から、膝にかけてのラインではないか、と思う。つまり、ふくらはぎだ。そこは、さほど筋肉がたくましく盛り上がっているようには見えない。むしろ、ほっそりしている。にもかかわらず、北の富士の全体重を受け止め、うっちゃりに持っていっている。膝と足首はふくらはぎが最大限の力を発揮できるよう、柔軟な角度に折れ曲がっている。たとえ背中が土俵と平行になろうとも、観ているファンに危機感はない。このしなやかなふくらはぎさえあれば大丈夫だ、と皆が信じている。そういうふくらはぎなのだ。

小兵力士と呼ばれるお相撲さんは幾人もいるが、初代貴ノ花はやはり特別だった。小ささを利用して勝つ方法を探るのではなく、足腰を鍛え抜き、粘りに粘って勝とうとした。吊り上げられても土俵を割らない。投げられてもひっくり返らない。寄られても土俵際で踏ん張りうっちゃって逆転する。絶体絶命のところから、もう一勝負がある。だからひとときも目が離せない。キャーキャー叫んだり、飛び上がって手を叩いたり、「がんばれ」を連呼したり。家族四人、テレビの前で大騒ぎだった。

正直、横綱にはなれなかったし、勝ち越すのがやっと、という時期もあった。しかしなぜか、負けた取り組みにも充実感がみなぎっていた。自分たちも一緒に相撲を取ったかのように高揚していた。たとえ負けても、何かしら感動の痕跡を土俵に残す力士だった。

〝膝から下にもう一つの魂が宿っている〟

現役時代、貴ノ花はそう言われていたらしい。直接対戦した力士が口にするその言葉には、畏怖の念がこもっている。彼らは貴ノ花の肉体だけでなく、もう一つ、土俵にどっしりと根を張る、強靱な魂とも闘わなければならなかった。その対戦が単なる相撲の取り組みを超え、神聖さを帯びたものになるのは当然だろう。だからこそファンは熱狂できたのだ。

初代貴ノ花は、五十五歳の若さで亡くなった。命が天に昇ったあとも、ふくらはぎに宿る魂はまだ、土俵のどこかに息づいているのかもしれない。

今日は結びで、横綱輪島と大関貴ノ花の一番がある。そんな日は、早く夕方にならないかと、朝からそわそわする。テレビを点けて、今か今かとその時を待つ。呼び出しが土俵に上がる。画面越しでも、どの一番より大きな歓声が響くのが分かる。

「いよいよじゃな」

母は夕食の支度の手をとめ、台所から居間まで小走りでやって来る。

「さあ、よっしゃあ」

既にビールの入っている父は意味不明の掛け声を出す。少女と弟は胸の高鳴りを抑えきれないまま、テレビの正面に正座する。家族は四人、一緒に一つの魂を見守る。

シロナガスクジラの骨

人間と同じ哺乳類でありながら、クジラは一生水の中で生きる。陸と海、どこで私たちは分かれてしまったのか。空気にあふれた陸。水に満ちた海。あまりにも異なる二つの世界の分かれ道で、別々の方向を選んだ私たちの間に何が起こったのか、想像を巡らせると悠遠な気持ちになってくる。科学だけでは説明できない、特別な出来事が起こったのではないだろうか、という勝手な想像がわき上がってくる。

星野《ほしの》道夫《みちお》の作品に、エスキモーの伝統的なクジラ漁を描いた、「クジラの民」というエッセイがある（『星野道夫　約束の川』平凡社）。春、ベーリング海から北極海にかけて張りつめていた氷に長い亀裂が入り、海が現れる。呼吸のため、海面に上がってくる北極セミクジラを狙って漁が行われる。クジラが姿を現すと、アゴヒゲアザラシの皮で作ったカヌー（ウミアック）に乗り、海へすべり出してゆく。

〝ウミアックで追う人間と、同じ生命の延長線上にクジラの生命があった〟

満月の白夜、狩るものと狩られるものとの関係を越え、生命という一つの線の上で、一頭のクジラと人間が結ばれるのだ。

ある日、待ち望んだクジラが獲れる。歌声が響き、クジラに感謝するための踊りが捧げられたあと、それは解体されてゆく。

〝切り裂いてゆくにしたがってクジラの体の中から大量の湯気が立ち上り……〟

どんなに冷たい氷の海に生きていようとも、やはり彼らは私たちと同じ哺乳類なのだ。体の内を満たす湯気こそが、その証拠だ、という気がする。

すべての解体が終わった時、氷上には巨大なあご骨だけが残される。

「来年もまた戻ってこいよ」

と叫びつつ、彼らはそれを海に返す。

何と厳粛な営みだろう。あご骨に託されたのはクジラの霊魂だ、と星野は記している。肉体を離れた生命の証が、骨に乗って再び海を旅する。そう考えるだけで、胸の底まで深く息が吸い込める気がしてくる。延々と続く生命のつながりの、小さな一粒として、自分の居場所がちゃんとあるのだと、クジラの骨が伝えてくれている。

骨は不思議だ。どんな生きものでも死後、内臓や肉や脂肪が瞬く間に分解され、形を失い、土に返ってゆくのに比べ、骨はありのままの姿を長い時間留める。この差が極端すぎる。一瞬に対する永遠、と言ってしまってもいいほどだ。一つの体に、矛盾するはずのこの二つが共存しているのだから、やはり生命とは、解き明かしきれない神秘なのだろう。

さて、写真はシロナガスクジラの全身骨格である。大人になると、体長は約三十メートル。体重は百トン近く。しかし数字で説明されてもあまりピンとこない。とにかく、分かりやすく言えば、現在、地球上に棲む動物だけでなく、過去に存在したあら

Photo by Rob Stothard/Getty Images

ゆる動物を含めても、一番大きな生きものなのだ。つまり、完璧な最大を誇っていることになる。

文章の成り行き上、誇る、という言葉を使ったが、果たして彼ら自身は、地球上で一番大きな体をしていることを、自慢に思っているのだろうか。いや、きっと思ってなどいないはずだ。別に、なりたくてそうなったわけじゃない。逆らえない自然の摂理に従っているうち、ふと気づくと、一番になっていた。むしろ人間たちに勝手に「心臓だけで自動車くらいの重さがある」とか、「心臓の血管の中を人が通れる」などとはやし立てられ、うんざりしているのではないか。そんな気がしてならない。

なぜなら、彼らの骨がその大きさとは裏腹に、ある種の慎ましさを備えているからだ。もちろん、骨格だけになっても彼らが巨大なのに間違いはない。天井から吊るして展示されているのは、泳いでいる姿に近づけるという意味もあるだろうが、床に置くとスペースを取りすぎてしまうため、半ば仕方なく宙に浮いているのでは、と思わされる。まるで、お邪魔になってすみません、ここで大人しくしています、とでも言っているかのように見える。

骨格は生前の簡素な流線形を守っている。特に背骨から尾に続く曲線は優美で、どこまで続くのか果てがないかのようだ。大きさを誇示する余計な飾りは一切なく、ただひたすら同じ形の、尾に近づくにつれ少しずつ小さくなる椎骨が、繊細につながってゆく。一個としてはみ出さない。規律を乱さない。肋骨は、既に失われた肺を優しく包んでいる。肩甲骨と胸びれには、人間の肩と腕に似た親しみが漂う。その証拠に、胸びれの先には五本の指があるらしい。

あごの骨はとてつもない長さを持っているが、決して威圧的ではない。流線形の一部として、胴体部分とごく自然につながり合っている。そのあごに歯はない。牙もない。地球上で一番大きいからと言って、一番獰猛なわけではないのだ。彼らは歯の代わりに、ひげ板と呼ばれる櫛状のフィルターを持ち、それで海水を漉して、オキアミを食べる。あの体を養いきれるのか、とこちらが心配になるほどの、自分とは真逆の、小さな小さな生きものを食べる。

更に骨は、水の浮力で重力から解放され、その大きさとは不釣り合いに軽いらしい。骨格からうかがえるこうした事実の一つ一つが、一番大きい、という称号を与えられてしまったことへの、居心地の悪さを象徴しているように思える。本当は博物館の宙に派手に浮かぶのではなく、もっと目立たない片隅に、そっと展示されたかったのではないだろうか。

生前の名残をとどめながら、骨は命よりもずっと長くこの世に留まる。だから人間は骨を大切に壺に入れ、お墓におさめ、何度でもそこを訪れては手を合わせて祈りを捧げる。花を飾り、好物を供え、話しかける。

エスキモーたちによってクジラのあご骨に託された霊魂は、広大な海を旅し続け、やがてどこかで別の魂に出会う。そして新しい命を宿し、再び旅を続ける。海と陸、二つの分かれ道を右に行くものもあれば、左を選ぶものもいる。しかし私たちは決してばらばらになるわけではない。長い旅の途中にある霊魂が、私たちを結びつけてくれている。シロナガスクジラの骨の中に、私の一部が含まれ、私の中に、彼らの記憶の一部が刻まれている。

文楽人形遣いの腕

浄瑠璃作家、近松半二《ちかまつはんじ》を描いた大島真寿美《おおしまますみ》さんの小説、『渦　妹背山婦女庭訓《いもせやまおんなていきん》　魂《たま》結《むす》び』が直木賞を受賞された時のパーティー会場。華やかに着飾った人々が大勢いるなかで、一番目立っていたのは一体の人形だった。

近松半二作『妹背山婦女庭訓』の、悲劇の登場人物、お三輪にちなんで人形が会場内に飾られていたのだ。何回か文楽を観劇したことはあるのだが、これほど間近に人形を目にするのは初めてだった。気が付けば、抗いがたい力に引き寄せられるようにして、彼女に近寄っていた。

文楽の人形は頭がとても小さい。おそらく人間本来のバランスとはかけ離れているのだろう。しかし、心もとない感じがしない。人形の顔には、大小の感覚を超えた存在感がみなぎっている。

人形は淡い赤と水色の着物に、赤い帯を締めていた。精巧な金の髪飾りが、色白の肌に映えている。人形が着るのだから、と言って着物の作りに一切のごまかしはない。絞りの織りも染色も、うっとりする品格をたたえ、触れてみたくて仕方ない気持ちにさせられる。ややうりざね顔の輪郭には町娘の素朴さが、きゅっと引き締まった口元には、恋心を貫こうとする女の強さがにじみ出ている。

そして目だ。いくら作り物だと言い聞かせても、心のどこかに信じきれない思いが残る。すべてを見抜き、とらえて離さない底知れぬ奥行きを持っている。

パーティーには、人形遣いの桐竹勘十郎《きりたけかんじゅうろう》さんと吉田勘彌《よしだかんや》さんが出席なさっていて、どなたにも気さくに人形の動かし方を教えていらした。最初は神聖なほどの人形のたたずまいに気後れしていた私も、勇気を出して触らせてもらった。背中に衣装の切れ目があり、そこから左腕を入れて木製のレバーのようなものを握り、首を動かし、右手で人形の右手を動かす。

左腕を差し入れた瞬間、そこが空洞なのに気づいてはっとなった。頼りないほどに、何もない、のである。舞台上で繰り広げられるあらゆる人間模様、嫉妬や親子の情や憎悪や恋心や後悔や忠義や、とにかくそうしたすべてが、この空洞から生まれ出ていたのかと、文楽の奥深さに圧倒された。

当然ながら人形を動かすのは容易ではない。お二人が実に優しく教えて下さるものの、自分の頭で考える自分の手の動きと、人形が全く通じ合わず、申し訳ない気持ちになるばかりだった。人形の頭と右手を動かす。文章で書けばただそれだけだが、実際に舞台でそれを披露するのは、並大抵のことではないのだ。

現代の文楽では、主要な登場人物の人形は、中心になる主《おも》遣いと、左遣い、足遣いの三人で扱われる。「足の修業が十年、左の修業が十五年」と言われ、一人前の主遣いになれるのはそれから、という世界である。人形に生命を吹き込むのがいかに難しいか、思い知らされるようだ。

衣装の着物を整え、人形に着せるのは主遣いのお仕事らしい。『桐竹勘十郎と文楽を観よう』（岩崎書店）には、その人形をこしらえている勘十郎さんの写真が載っているのだが、襟を縫い付けたり、帯を作ったり、しごきを結んだりする手つきには、丁寧さと愛情がにじみ出ている。人形を大事に思う心が、そのまま主遣いと人形の絆の強さにつながっている。同じ人形遣い、吉田《よしだ》玉女《たまめ》さん（現二代吉田玉男《たまお》）との対談の中で勘十郎さんは「おそらく目隠しをしても、人形を持てば、これが自分が拵えた人形かどうかわかると思いますよ」とおっしゃっている（『文楽へようこそ』小学館）。こんなふうにして人形と人間の境界線は消え失せてゆくのだろうか。

写真は『曾根崎心中』、天神森の段の天満屋お初。醤油問屋の手代徳兵衛は、遊女のお初と心を通じ合わせていたが、主人の姪との結婚を強いられ、持参金を返すことでどうにかけりをつけようとする。ところが信用していた友人に裏切られ、持参金を奪われ、どうにもできなくなった二人は曾根崎天神の森で心中する。

お初が死に装束に選んだのは白無垢だった。その白が映り、顔色は白を通り越して透き通っているように見える。地面についた両手には、理不尽な仕打ちにより、この世で結ばれなかった無念がにじみ、胸元は震え、頬は濡れているかのようだ。しかし、しっかりと見開かれた目は、これから徳兵衛と一緒に行く場所を迷いなく見つめている。そこが光に包まれたところであると、信じきっている。

観客には人形遣いの腕は見えない。しかしそれは人形の中にあって、お初の魂を生み出している。首の傾き、目線の角度、白無垢の皺の寄り具合、すべてが人形遣いの腕と一体になっている。華奢な両肩に表れる哀れさ、苦しいほどの鼓動、止めようもなくあふれ出る涙、徳兵衛を求める一途な思い。そうした目に見えないはずのものを、人形遣いを通して、観客は観ている。中身はただの空洞でしかないものの中に、人間の存在のすべてがあると信じている。

時に、実物の人間が演じる舞台より、文楽の方により感動するのは、目の前に生身を見せられると、想像力を働かせる前に満足してしまうからかもしれない。文楽の語

写真提供／小川知子

り手、太夫は、声の変化で役を演じ分けるのではなく、あくまでもその人物の心を表現するらしい。つまり観客は、太夫の語りを頼りにしながら、役の声を自らの内側で発し、それに耳を澄ませている、ということになる。

人は、そこにないけれどある、ものに出会った時、より静かに心の目を見開く。実際には見えないはずのものを見た、と思える時、いっそう心を揺さぶられる。人形遣いの隠れた腕は、ないけれどある、という矛盾をいともやすやすと乗り越え、現実よりももっと切実な真理を浮き彫りにする。

さて、パーティー会場で人形は大人気だった。自分も人形に触りたい、動かしてみたい、という人々が列をなし、勘十郎さんと勘彌さんも大忙しの様子だった。否応なく人形は人を引き寄せる。会話ができるわけでもないのに、なぜか言葉を交わし合ったかのような錯覚に酔う。しかも人形の言葉は、実在の人間が発するよりずっと深く、こちらの胸に染み込んでくる。人形遣いの腕は、単なる人間でも人形でもない、命の源、そのものになっている。

ボート選手の太もも

ボート競技を題材にした小説でまず思い浮かぶのは、田《た》中《なか》英《ひで》光《みつ》の『オリンポスの果実』だろう。一九三二年、ロサンゼルスオリンピックにボート競技の選手として出場した大学生が語り手になっている。彼は現地に向かう船の中で、走り高跳びの女子選手、秋子に出会い、恋心を抱く。代表選手たちの練習風景を映した映画を鑑賞したあと、秋子は彼に向かって、

「ボオトはきれいねエ」

と、言う。

しかし、彼の思いが報われることはなかった。試合に敗れたあと、彼はこう記している。

〝ボオトを漕ぐ苦しさについて、ぼくは、敢て書こうとは思いません。漕いだものには書かなくても判り、漕がないものには書いても判らぬだろうと思われるからです。〟

結局彼は、恋とオリンピック、両方で挫折することになった。

ボート競技ほど、見た目の優美さと実際の疲労がかけ離れたスポーツは、珍しいのかもしれない。ゴールしたあとの選手たちの、息も絶え絶えな様子は、痛ましくて見ていられないくらいだ。

ボート競技の種目は、漕ぐ人数やオールの種類、コックス（舵手）の有無などによって複雑に分かれるが、なかでもボートの華と呼ばれるのがエイト、である。八本のオールを八人で漕ぎ、コックスが一人つく。艇の全長は約十七メートル、重量は九十六キロ。全種目中、最大の人数で、最も速いスピードが出る。ちなみに『オリンポスの果実』の主人公が出場したのも、このエイトだった。

Photo by Tim Clayton/Corbis via Getty Images

エイトの試合を観ていると、それがボートという乗り物であるのを忘れてしまう。人間とボートが境目のない一つの生きものになって、真っすぐに滑ってゆく。波紋や水しぶきの一粒一粒までが、川面に左右対称の模様を描き出している。オールは延々と回転し続ける。まるで風か、水中から自然のエネルギーが補給されているかのように、漕ぎ手たちは疲れ知らずだ。彼らの動きは、一ミリの狂いさえなく、ぴったりと重なり合っている。視界を流れてゆく川べりの木々の姿に、思いがけないスピードが生まれているのを知り、はっとさせられる。

そこには独特の静けさがある。実際には観客の歓声や選手たちの掛け声が響いているだろうし、ボート自体、川を移動している以上、何らかの音を発していなければおかしい。にもかかわらず、無音の錯覚に襲われる。オールが水を叩く音も舳先が水をかき分ける音も届いてこない。最高潮に達した時、音や抵抗や疲労や、そういった地上のもろもろがふっと消え去る空間を、ボートは突き進んでゆく。

そしてゴールした瞬間、すべてが戻って来る。動きを止めたオールはばらばらになり、水面の模様は乱れ、一気に疲労が襲ってくる。荒い呼吸は、ついさっきまでの無音の美しさが、どれほどの犠牲のもとに生まれていたかを物語っている。

以前、滋賀県大津市で競技用のボートを製造している、桑野造船株式会社を取材させてもらったのだが、その時伺った中で特に忘れがたいお話が三つあった。

まず一つめ。漕ぎ手は、進行方向に対し、後ろ向きに座る。ほとんど唯一、ゴールに背を向けるスポーツである。

確かにその通りだ。初めてボートをオールで漕いで、水を渡ろうとした人間は偉い。誰だって普通、移動するからには前進したいと思う。それを真逆の発想から、後ろへと進んでいったのだから。

選手たちは見えないゴールに向かっている。そう思うとなおいっそう、この競技に対して愛着がわいてくる。彼らは直接目でとらえることのできない、どこか遠くにある、いや、もしかしたら永遠にたどり着けないかもしれないゴールを目指して、ひたすら一心にオールを漕ぐ。

二つめ。ボートは脚をのばす力、下半身を使って漕ぐ。

これには驚かされた。どう考えても、腕の力が一番必要だろう。脚はただボートの中に、大人しく収まっているだけではないのか……という素人の思い込みは大間違いだった。工場で製造途中のボートを見せてもらうと、底にレールが敷かれ、選手の座るシートが設置されており、それが前後にスライドする仕組みになっていた。

言われてみれば、ボート選手の体は見事に均整がとれている。決して上半身だけが極端に発達しているわけではない。そういう目で競技を見ると、ボートの縁からわずかにのぞく太ももが、いかにダイナミックに躍動しているかが分かる。彼らの脚は、水を押している。水の圧力に必死に抵抗している。オールの動きだけでなく、太ももの筋肉の動きまでもがぴったりと揃っている。

そして最後の三つめ。財務・開発担当で、現役の選手（コックス）でもあるI氏のお言葉。

「みんながビシッと揃うと、空を飛んでいるような感覚になります」

観客が、それがボートであることを忘れ、無音の錯覚に陥る瞬間、選手たちはもしかしたら、空を飛んでいる感覚に浸っているのかもしれない。間違いなく、選手たちのリズムが完璧に一致し、スピードが最高潮に達する時、彼らはあらゆる抵抗から自由になっている。オールを握る手を翼にして羽ばたくため、脚は目立たない場所で重力を押し返している。人々は翼にばかり目を奪われるが、選手たちを空に解き放っているのは、脚なのだ。

漕いだ人間にしか分からない苦しみに苛まれてもなお、人はボートを漕ごうとする。苦しみを味わった者にしか見えない風景を、見ようとする。

たまに公園の池でボートを借り、バシャバシャやってみることがある。自分でオールを持てば、それを自在に操るのがどれほど難しいかよく分かる。イメージのなかでは、単純な繰り返し運動のはずなのに、実際やってみようとすると、体が全く思い通りに動かない。空を飛ぶ感覚などあまりにもほど遠い。

ただ微かに、水の気配がすぐそばにある、という感触に親しみを覚える。懐かしいような、心地がいいような気分になれる。だから人は水辺に戻り、ボートを漕ぎ、空を目指すのだろうか。

ハードル選手の足の裏

　110メートルハードル、と言えば中国の劉翔《りゅうしょう》を思い出す。二〇〇四年のアテネオリンピック。大きな体を投げ出すようにしてゴールした姿が忘れられない。陸上短距離でアジア勢初の金メダルを獲得したうえに、当時の世界タイ記録を叩き出した。

　劉翔の走りには人間臭さが感じられる。精密機械を思わせる正確さとは少し違い、とにかく力でぐいぐい押してくる強引さがある。彼にとっては九・一四メートルのハードルの間隔はいかにも窮屈そうに見えるのだが、そんなことにはお構いなしに、突っ込んでくる。筋肉の塊が、ハードルだけでなく、他のレーンの選手たちをもなぎ倒すほどの勢いで躍動している。

ハードルは不思議な競技だと思う。走ると跳ぶ。水平移動と縦移動。この矛盾が一つの種目の中に共存している。言葉で説明してしまえば、ハードルを跳び越えながらできるだけ速く走る、というだけのことで、単純そうに見えるけれども、実際は踏切と着地の時、いちいちブレーキがかかる。ブレーキとアクセルの両方を踏みつつ走るのだから、そこにはきっと、素人には想像もつかない技術が発揮されているに違いない。

男子110メートル、女子100メートルのスプリントハードルでは、インターバルをすべて三歩で駆け抜けるらしい。そのたった三歩の間に、歩幅を調節したり、踏切のタイミングを合わせたり、着地の位置を測ったりしているのだろう。そして大前提としてスピードは落とせない。

だからタイムの上では100メートル走の方が速いにもかかわらず、なぜかハードルの方があっという間に終わってしまう気がする。観ている側が頭で追いつかないくらいの素早さで、選手たちの体が複雑な動きを見せるからか。一旦スタートすれば、あとは息をする間も許されない。トレーニングによって刻まれた記憶のとおりに、あらゆる筋肉が一続きに反応する。これ以上はとても耐えられない、というほどの緊張感に満ちた一瞬を、選手たちは駆け抜けてゆく。

ハードルとはつまり障害である。スタートラインに立った時、前方にずらりと続く障害を目にして、選手たちは怖くないのだろうか。一ミリの狂いもなく並べられたそれらを、彼らはすべて跳び越えなければならない。一台として誤魔化すことは許されない。そんなものさえなければ、思いきり、一直線に突っ走ってゆけるのに、いちいち邪魔が入る。スプリントハードルの場合、台数は全部で十、高さは男子で一〇六・七センチある。身長の半分以上の壁を一つずつ制覇しなければゴールにたどり着けないのだから、やはり、過酷な競技だと言える。ハードルが倒れるのは当たり前で、それどころか選手が転んだり、更に隣のレーンの選手を巻き込んだりする場面も時に見かける。

そういう中にあって最も美しいのは、ハードルを跳び越す瞬間、体が宙に浮いた姿勢だろう。片方の脚はハードルの向こう側へのび、もう片方はくの字を描きながら、バーのすれすれを通過しようとしている。できるだけ重心を低くするため、上半身は胸と太ももが接着するほど深く折れ曲がっている。跳び越える、というよりむしろ、地を這うようなイメージで、全身の筋肉も視線もただひたすら、水平方向を目指している。

そして足の裏だ。正面からの写真には足の裏がはっきりと写っている。まるで見えない壁を打ち崩そうとしているかのようだ。観客に見える障害はハードルだけだが、選手たちは更に、視界に映らないはずの空気の壁を感じ取り、それらを一枚一枚、足の裏で突き破っている。

だからこそ、一流選手の走りには目を奪われる。一台ハードルを跳び越えるたび、粉々に砕ける透明な空気の欠片が選手を包み、彼らを輝かせている。その姿があまりにも魅力的で、一瞬、空中で静止しているかのような錯覚に陥る。静止してしまってはタイムをロスするはずなのになぜか、その一瞬が長く視界に留まる選手ほど、早く

Photo by Bungeishunju

ゴールを駆け抜けてゆく。ここにもまた、水平移動と縦移動に似た矛盾が存在している。

もしかしたら、矛盾という言葉は不適切なのかもしれない。彼らが表現しているのは調和だ。走ることと跳ぶこと。移動することと静止すること。理屈の上では相反するものを対立させず、調和させるからこそ美しい動きが生まれる。

スポーツに限らず、美しい何かが現れ出る時、たいてい矛盾が調和に置き換わっている。小説家や詩人の一文に、言葉にできない深い心の内を読み取るように、音楽家の演奏に、鳴っていないはずの音の響きまで聴き取るように、観客たちはハードル選手の走りに、極限のスピードを感じ取っている。

アテネオリンピックで金メダルを獲得した劉翔は、中国で大スターになった。その後世界新記録を出し、世界選手権でも優勝したが、続くオリンピック二大会では、満足できる結果は残せなかった。二〇〇八年、地元の熱狂的な興奮の中で迎えた北京オリンピック。一次予選で一度はスタートラインに立ったものの、一歩も走ることなく棄権した。期待していたファンからは敵前逃亡だというひどい言葉も浴びせられたようだが、怪我の具合が思わしくなく、走れる状態でないのは本人が一番よく分かっていたはずだ。それでものしかかってくる期待の重さに耐え、最後の最後まで奇跡が起こるのを信じるしかなかったのだとしたら、あまりにも辛すぎる。

続く二〇一二年のロンドンオリンピックでは、予選レース、一台めのハードルに脚を引っ掛けて右のアキレス腱を負傷し、ゴールすることはできなかった。片脚でゴール地点まで向かい、ハードルにキスしたあと退場していった。

北京オリンピックで棄権したあと、トラックに一人うずくまる劉翔の写真を見たことがある。彼以外、他には誰一人、選手も審判も観客も写っていない。白線がのびる茶色いトラックの片隅で、彼はうな垂れ、痛む右脚を押さえ、ただじっとしている。表情はうかがえない。足の裏は、力なく横たわっている。しかしそれが、キラキラと輝く空気の破片を飛び散らしていた風景は、観客たちの目に、間違いなく焼きついている。

レース編みをする人の指先

『若草物語』や『赤毛のアン』や『大草原の小さな家』には、手芸をしている場面がしばしば出てくる。人形の洋服をこしらえたり、パッチワークを縫ったり、繕い物をしたりしながら、家族たちがお喋りをする。面と向かい合っていると、気持ちがぶつかってしまうような場合でも、視線を手元に落とし、指を動かしていれば、お互いの間に柔らかい空気が流れて団らんがより安らかになるのかもしれない。

編み物、縫い物、刺繡、何であれ、一本の糸から指だけを使って美しいものを作る人間は、驚異的だ。しかもそれを成し遂げるのは、特別に選ばれた天才ではない。ごく平凡などこにでもいる人が、芸術などという大げさな世界からは遠く離れた場所で、日常に使うささやかなものに美を与えている。パソコンもスマホも必要ない。それ自体が暗号のように魅力的な編み図に従い、針や棒を操っているうち、いつしか思い描いたとおりの形と模様が現れ出てくる。

フェルメールの『レースを編む女』は、画集でしか見たことがないのだが、ルーヴル美術館に行った人に尋ねると必ず、

「小さな絵でした」

という答えが返ってくる。実際、フェルメールの中では一番小さな作品らしい。二十四センチ×二十一センチしかない。

しかしレース編みは、人間の両手の中で生まれるものなのだから、これくらいの小ささが似合っている。『レースを編む女』がやっているのはたぶん、クッションの上にピンを刺しながら、それを支点にして糸を交差させる、ボビンレースだろう。女は首を傾け、ただひとすじに手元だけを見つめている。出来上がってゆくレースは描か

れていないが、優美に垂れ下がりもつれ合う糸と、クッションに並ぶボビンと、ふんわりカールした女の髪が、少しずつ編み上がるレースの繊細さを予感させる。

女の左手はボビンを二本、握っている。まるで壊れ物を扱うように、そっと指の間に挟んでいる。ボビンの先からはピンと張った二本の糸がのび、右手がピンをつまんでいる。これから二本の糸はどんなふうに交差してゆくのか。彼女の目が見つめているのは、次の一瞬に起こる糸の動きだ。指先は常に、糸の未来を予知している。

以前、ベルギーのブルージュを旅行した時、レース屋さんの店先で、ボビンレースのデモンストレーションをしている老女を見たことがある。目が回るほどの素早さで、数えきれないボビンの中から適切な数本を選び取っては交差させ、ピンに引っ掛けてゆく。どんな法則があるのか、まるで分からない。めちゃくちゃにボビンを動かしているようにしか見えない。ただ老女の指先だけが、少しずつ姿を現すレースの模様に刻まれた物語を、既に知っているのだった。

ボビンレースに比べると、かぎ針のレース編みはより素朴かもしれない。道具と言えるのは一本の細い棒だけだ。いや、十本の指もまた精巧な道具となって、一本の糸に奉仕している。各々の指に異なる役割があり、互いに合図を送り合いながら一続きの動きを生み出している。

写真はレースを編むトルコ人の女性の手である。日に焼けた皮膚、甲に浮き出る血管、薬指に食い込むシンプルな指輪、何の飾り気もない爪、掌の皺……。あらゆる表情が、この手が長い年月、日常生活の中で信じられないほどたくさんの仕事を成し遂げてきたことを物語っている。そのうちの一つがレース編みだ。もはや、目をつぶっていても編めるくらいに熟練している。

糸玉からのびる糸は左手の指の間に張り巡らされ、人差し指の第一関節の動きによって、引きの強さを微妙に調節されている。親指と中指は編み上がったばかりの目を押さえ、右手の親指は次に編むべき目を探っている。かぎ針は右手の中に隠れて見えない。それくらい手と針が区別なく一つになっている。十本の指は十本の針であり、針は十一本めの指である。

全く、魔法のようだ。考えてもみてほしい。何の変哲もない一本の糸が、指先の動きに合わせて一目一目姿を変え、いつの間にか薔薇の花になったり雪の結晶になったりするのだ。糸がそれだけの秘密を隠し持ち、人間の指先にはそれを引き出す力がある、と最初に見抜いたのは、一体どんな人だったのだろう。太古の人間が、厳しい自然の中で生き抜くために必要な知恵から、生まれた技だったのかもしれない。更にその技は進化し、洗練され、美を生み出すに至った。

トルコ人の女性が編んでいるレースは、長い年月を生きてきた手の表情に似て、どこかたくましさがある。多少目の大きさが違っても、細かい点にはこだわらず、ただ編むという行為を楽しんでいる。誰かにプレゼントするための花瓶敷だろうか。あるいはもうすぐ生まれてくる赤ん坊のおくるみだろうか。顔は写っていなくても、ただ手元の写真だけで、彼女の人生の大事な一場面が伝わってくるようだ。

レースの魅力は、編み目に光が透けて見えるところにあると思う。細やかな編み目一つ一つが透明に光り、自分の目に映っているのが、糸そのものなのか、編み目が作

Photo by infospeed/Getty Images

り出す空洞なのか、分からなくなってくる。自分はそこにないはずの、空洞を見て綺麗だと思っているのだ、と気づく時、レースの持つ奥深さに魅了される。ないけれどある。レースはこの究極の矛盾を、いとも軽やかに私たちの前に差し出してみせる。

死んだ母もレース編みが得意だった。家族団らんの時にはいつも何かしら手を動かしていた。しばしば近所の人から頼まれて、サマーセーターや上着を編んであげることもあった。着古した私のワンピースに真っ白いレースの襟を編んで縫い付け、リフォームするのも得意のパターンだった。たったそれだけで、立派なよそ行きに生まれ変わった。

お喋りをしながらでも母はすいすいとレースを編んでいた。それがどれほど不思議な営みであるかも知らず、子どもの私は当然の風景として眺めていた。母がどんな指をしていたのか、残念ながら思い出せない。もし、今母に会えるとしたら、顔よりも、指先を見てみたいと、なぜか思う。

カタツムリの殻

カタツムリについて一番好きなエピソードは、作家のパトリシア・ハイスミスがそれを愛し、ペットとして三百匹も飼っていた、というものだ。レタス一個と百匹のカタツムリをお供に、パーティーに出席したこともあった。またイギリスからフランスへ引っ越す際には、生きたカタツムリの持ち込みが禁止されていたため、数匹ずつ乳房の下に隠して両国を何度も往復したのだ（『天才たちの日課』メイソン・カリー著、金原瑞人／石田文子訳、フィルムアート社より）。

乳房の下でカタツムリがヌルヌル動いているなど、想像するだけで身震いしそうだ。

三百匹もいるなら、多少のカタツムリとはお別れしたって構わない気もするが、国境を何往復もして、飼っているすべてを運んだというのだから、一匹一匹を平等に愛していたのだろう。

代表作の『太陽がいっぱい』や『キャロル』を読むと、大切な相手を深く思うあまり、臆病になり、恐る恐るそっと手をのばす、主人公たちのためらいがちな様子が、カタツムリに通じている気がしないでもない。ただ、彼らの愛が一途すぎるゆえに報われず、悲劇を被る羽目に陥るのに比べ、カタツムリはどこかしら愛嬌がある。カタツムリなりに苦労はあるのだろうが、決して深刻ぶらず、おっとりとしている。

私はカタツムリが焦ったり、取り乱したり、苛立ったりしたところを見たことがない。こんなにも平常心を保っている生きものが他にいるだろうか。雨の季節、コンクリート塀や葉っぱの上を、どことも知れない目的地に向かって進む彼らを目にすると、慌て者の私など、この粘り強さを見習わなくてはと思うほどだ。

さて、今回いろいろと調べていて一番驚いたのは、ナメクジはカタツムリの進化系であるという事実だった。二つは同じ仲間だが、重くてかさばる殻を脱ぎ捨て、小さな隙間にも隠れることができるように進化したのがナメクジなのだ。てっきり逆だと思っていた。より複雑になるばかりでなく、単純になることもまた進化なのか、と気づかされた。

それを知るといっそう、カタツムリが愛おしくなる。「こんなもの、邪魔」と言って殻を捨て去った仲間を見送り、その殻を背負い続ける。時には、重たいなあと思うこともあるだろう。けれどそんな素振りはみじんも見せず、黙々とした態度を貫く。もちろん、殻を捨てなかったのにはきちんとした理屈がある。『カタツムリ・ナメクジの愛し方』(脇司著、ベレ出版)によれば、周りの空気が乾燥した時、中に隠れて耐える。外敵から防御する。内臓の形を保持する。等々が理由のようだ。確かに、いかにも柔らかそうで無防備な胴体(軟体部)に比べ、殻は強固で安定している。この中に逃げ込みさえすれば大丈夫、という安心感を与えてくれる。しかも内臓を守っているのだから、なくてはならない存在だ。脇《わき》先生によれば、カタツムリの殻を壊して解剖すると、肺などの内臓が〝でろん〟とすぐに崩れてしまうらしい。

殻の強固さと胴体の柔らかさの質感に差がありすぎるため、それらが一続きの体とは思えず、ちょっとつまめば殻は簡単に身から外れそうな気もするが、そうはいかないのである。一旦、背負うと決意したからには、生涯それを下ろすことはできない。

卵から生まれ出たばかりの小さなカタツムリも既に、その小ささにふさわしい殻を背負っている。どんなに小さくても、親と同じ形をし、数は少ないながら殻にはちゃんと巻きもある。それを考えると、殻こそがカタツムリの存在を証明する重要な証拠だという気がしてくる。

ここからカタツムリは巻きの数を増やし、殻を大きくしてゆく。殻の内側に接する外套膜という器官から殻の成分が分泌されて、少しずつ成長する。カタツムリの仲間は世界に約三万三千〜三万五千種類、そのうち日本には約八百種類が生息しているらしいが、それぞれが異なる色や形や模様の殻を持っている。くっきりした縞がある、半透明で内臓が透けている、こん棒のように細長い、殻のてっぺんが尖っている、乳白色、こげ茶、緑、薄ピンク……。図鑑を眺めていると飽きない。

こんなにもさまざまな個性を持った殻が、自然の片隅で地味に暮らしている陸貝から生まれ出ていること。しかも外の世界にある材料に頼るのではなく、自分の体に元々授けられたものだけを使って、独自の美を作り出していること。もうそれだけで、尊敬に値する。軟体部と殻、このきついコントラストを見事に融合させたうえに、個性的な美を表現しているのである。

芸術は別に人間だけの特権ではない。私たちが生きている世界のいたるところに、誰に評価されることも求めないまま、ひっそりと美を創造しているものたちがいる。そんなふうに想像すると、小説が書けないと言って嘆いている自分がひどくちっぽけに思えてくる。

近所にある西宮市貝類館を訪れた時、西宮の甲山《かぶとやま》周辺でよく見られる、クチベニマイマイが展示されていた。白っぽい殻の、口の部分がうっすら赤みを帯び、それが名前の由来となっている。その赤色が奥ゆかしく、おしとやかな印象を受けるが、説明には好奇心旺盛な性格、と書かれていた。例えば目新しい餌を与えられると、一番に触角をのばして近づいてゆくのかもしれない。カタツムリだからと言って皆がのんびりしているわけではなく、性格に個性があるのも面白い。

新美南吉の童話『でんでんむしの　かなしみ』では、一匹のでんでんむしが、ある日、自分の殻の中にかなしみが一杯詰まっていると気づき、絶望する。友だちを訪ね歩き、不幸せを訴えるが、皆もそれぞれに自分のかなしみを背負っているのだと知らされ、嘆きを乗り越える。

カタツムリと人間の心がこれほど密接に結びついた文学が、他にあるだろうか。カタツムリの殻とは何なのか。中には何が入っているのか。彼らを見るたび、自らに引き寄せて考えずにはいられない。自分の背中にも透明な殻があって、中にはきっと厄介なあれこれが詰まっているのだろう。しかし死ぬまで背負い続けてゆくのだから、それに押し潰されることはあるまい。カタツムリだって、その重さにちゃんと耐えている。

Photo by (c)Tomo.Yun

赤ん坊の握りこぶし

生後二、三か月の頃、片手を上げ、自分の握りこぶしを見つめる写真がアルバムに残っている。生まれたばかりの子にそんな表情ができるのか、と思うほど顔は真剣そのもので、両親はきっと何か珍しい現象が起こっていると思ったのだろう、同じような写真を何枚も撮影している。一体これは何なのか、不思議でたまらない、という表情もあれば、この球体についてどんなささいな特徴でも見逃してなるものか、という意気込みを感じさせるものもある。時には、あまりに集中しすぎて寄り目になっている。

しかしこれは特別なことではなく、ハンドリガードと呼ばれる、赤ん坊にはごく普通に見られる仕草らしい。考えてみれば、赤ん坊は生まれた時、自分の体について何も知らない。どれが手で脚なのか、鼻や耳がどんな役目を果たしているのか、教えてくれる人もないまま、この世界に現れ出る。すべてが未知である。そしてある日、ふとした瞬間、枝分かれした棒状の五本が、折れ曲がりながらいろいろな形を生み出している、手、というものの存在に気づく。

形の奇妙さだけでなく、それが自在に動き、姿を変える過程と、自らの意志との間にどうもつながりがあるようだ、と感じられるのもまた、彼らにとっては不思議な体験に違いない。手の発見、それは自分と自分以外、を認識するための、準備がはじまる合図なのかもしれない。

自分を発見するとは、何と偉大な体験であろうか。大人になるともはや、自分自身になどさほどの興味もなく、まあ、こんなものだろうとどこかで決めつけ、発見の喜びとは縁遠くなってしまっている。ところが赤ん坊は違う。平凡な手一つに、世界のあり方を見出す。手という言葉の意味も知らないのに、体の輪郭の外側にもう一つ世界があり、それらが分かちがたく接しているのを感じ取るのだ。

それにしても赤ん坊はなぜいつも、指を折りたたんで握りこぶしを作っているのだろう。例えば寝ている時など、全身が脱力し、指もだらりと開きそうだが、そういう時こそむしろ手はしっかり握られている。その指を、そっと一本ずつ開いてみるのが、私は好きだ。一生懸命にぎゅっと握り締められた、可愛くて柔らかいこぶしを見て、無関心でいられる人がいるとは、とても信じられない。

「どんな大事なものを隠しているのかな」

そう心の中でつぶやきながら、私は小指から順番に一本ずつのばしてみる。彼らの爪はとても小さい。小さい、ということの本来の意味を伝えるために、指先についているかのようだ。薬指、中指、人差し指、続けて広げてゆくうち、小指はまた閉じはじめている。彼らの指はたいてい湿っている。自分が未熟であるとよく分かっていて、あなたの手助けがなければ私は生きてゆけないのです、と静かに訴えるように、こち

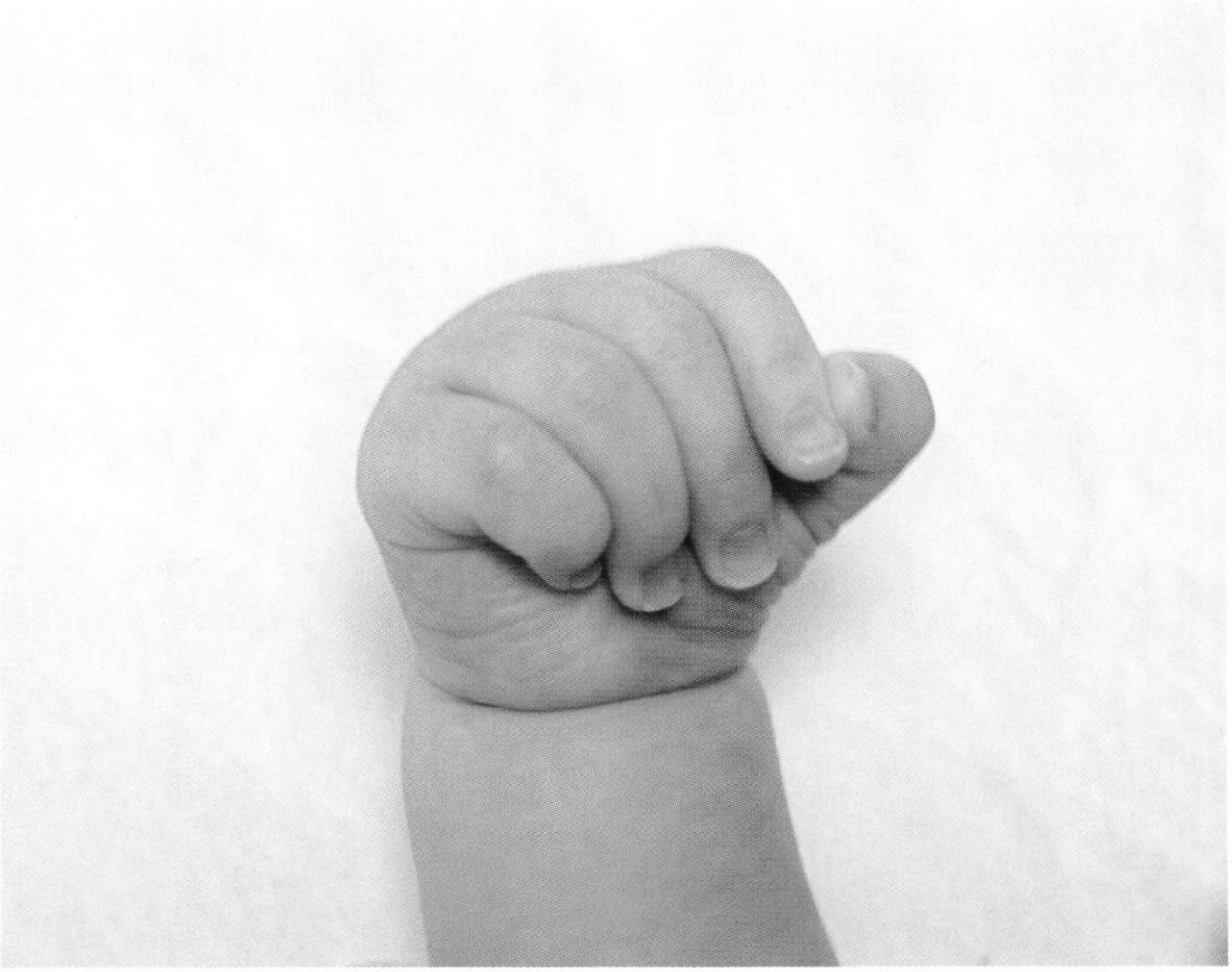

Photo by Bungeishunju

らにしっとり寄り添ってくる。

ただ、未熟さにだまされてはいけない。彼らは思いも寄らない強さで指を握りしめている。跳ね返してくるほどの力に、はっとさせられる。大人たちに決して気づかれてはならない何かを、その中に隠している。

私は根気強く一本一本指を広げてゆき、どうにか掌に触れてみる。そこは本当にささやかな窪みだ。筋が刻まれ、複雑な模様を描き出している。その隙間に糸くずが挟まっていたりする。皮膚は薄く、うっすら血の色が透けて見える。指先を通し、温かさが私の中に流れ込んでくる。それは単なる体温ではなく、体の泉の最も深いところから汲み上げられた生命の証であるように思われる。

やがて再び赤ん坊は掌を閉じる。

「そう長い時間、ここをあなたにお見せするわけにはいかないのです」

とでも言いたげだ。

街中で赤ん坊に出会うと、つい見つめてしまう。握りこぶしを両手で包んで、胸に抱き寄せたくなる。油断していると本当に実行に移し、怪しいおばさんになってしまいそうなので、気をつけなければならない。

自分が既に失ってしまった人生の瑞々しさを、少しでも分けてもらいたいと願うからだろうか。いや、反対だ。これからを生きる者の未来に、自分の残り時間を分け与えても惜しくないほど、彼らが愛おしく思えるからなのだ。

自分がこんな人類愛を抱くようになるとは、意外だった。若い頃はむやみに手足をぴこぴこさせ、よだれを垂らし、すぐに大きな声で泣く赤ん坊が苦手だった。いつしか親になり、両親が逝き、孫が生まれ、ふと気づくと次に死ぬのは自分の番になっていた。順番は大切だ。宇宙の摂理だ。ゆったりと宇宙の波に身を任せておけばいい。そうする以外に方法もない。

まど・みちおさんの作品に、赤ん坊の握りこぶしを思い起こさせる、「まんまる」という詩がある。

なんでかしらない
でも　まんまるには
どんなまんまるにも　ひとりいる
そのまんまるの　まんまんなかに
だれにもみえない　チビが

そして　よんでいる
きこえないこえ　はりあげて
それは　それは
はるかなところ　からのように…

—こんちはあ
ぼく　せかいのヘソだよう

せかいは　きょうも
いい　おてんきだよう…

いくら無理に手を広げても見えない、赤ん坊の握りこぶしの秘密を、そっと教えてくれる詩だ。まん丸の中には彼ら一人一人にとってかけがえのない、〝ひとり〟がいる。それを大事に握りしめながら、彼らは掌の中から響いてくる声に耳を澄ましている。〝ひとり〟の声が聴けるのは、赤ん坊だけだ。

私がどうしても彼らの握りこぶしに引き寄せられてしまうのは、世界が気持ちよく晴れていることを、確かめたいからかもしれない。赤ん坊の握りこぶしの中にはいつでも、生きるに値すると思わせてくれる世界が広がっている。

カバー作品

中谷ミチコ
「すくう、すくう、すくう」

奥能登国際芸術祭 2020+ 出品作品
制作年　2021 年
Photo　Hayato Wakabayashi
Courtesy　Art Front Gallery

装幀

関口聖司

初出

「文藝春秋」
2020年9月号～21年12月号

小川洋子
おがわ・ようこ

1962年岡山市生まれ。早稲田大学文学部文芸科卒業。88年、「揚羽蝶が壊れる時」で第7回海燕新人文学賞、91年、「妊娠カレンダー」で第104回芥川賞を受賞。2004年、『博士の愛した数式』が第55回読売文学賞、第1回本屋大賞を受賞。同年、『ブラフマンの埋葬』で第32回泉鏡花文学賞、06年、『ミーナの行進』で第42回谷崎潤一郎賞を受賞。07年、フランス芸術文化勲章シュバリエ受章。13年、『ことり』で芸術選奨文部科学大臣賞、20年、『小箱』で第73回野間文芸賞を受賞。21年、第69回菊池寛賞を受賞。同年、紫綬褒章を受章。他の著書に『密やかな結晶』『原稿零枚日記』『人質の朗読会』『猫を抱いて象と泳ぐ』『いつも彼らはどこかに』『約束された移動』『遠慮深いうたた寝』『掌に眠る舞台』などがある。

からだの美《び》

二〇二三年三月十日　第一刷発行

著　者　小《お》川《がわ》洋《よう》子《こ》

発行者　花田朋子
発行所　株式会社　文藝春秋
〒一〇二‐八〇〇八
東京都千代田区紀尾井町三‐二三
☎〇三‐三二六五‐一二一一
印刷所　凸版印刷
製本所　大口製本

　ISBN978-4-16-391669-9